猿吼季风林

徐仁修 撰文·摄影

图书在版编目（CIP）数据

猿吼季风林 / 徐仁修撰文、摄影. — 北京 : 北京大学出版社, 2014.7

（徐仁修荒野游踪 · 写给大自然的情书）

ISBN 978-7-301-24161-5

Ⅰ. ①猿… Ⅱ. ①徐… Ⅲ. ①随笔—作品集—中国—当代 Ⅳ. ①I267.1

中国版本图书馆CIP数据核字（2014）第077554号

书　　名：猿吼季风林

著作责任者：徐仁修　撰文 · 摄影

丛 书 策 划：周雁翎　周志刚

责 任 编 辑：周志刚

标 准 书 号：ISBN 978-7-301-24161-5/I · 2750

出 版 发 行：北京大学出版社

地　　址：北京市海淀区成府路205号　100871

网　　站：http://www.pup.cn　新浪官方微博：@北京大学出版社

电 子 信 箱：zyl@pup.pku.edu.cn

电　　话：邮购部 62752015　发行部 62750672

编辑部 62753056　出版部 62754962

印　刷　者：北京中科印刷有限公司

经　销　者：新华书店

650毫米 × 980毫米　16开本　10.25印张　122千字

2014年7月第1版　2014年7月第1次印刷

定　　价：39.00 元

目录 CONTENTS

总　序/1

不顾一切地朝建设“经济奇迹”的目标努力后，人们口袋里的钞票不断地增加，同时，我们环境的污染指数也不断增高，而大自然里的生物却快速地减少。

缘　起/3

我一直是《瓦尔登湖》作者梭罗的忠实读者，虽然无法效法他隐居森林两年，但我可以从事类似而更积极的生活体验。

走进森林/5

多少才气洋溢的人，都因为世俗小事的羁绊而一辈子一事无成，或者只自私地让自己活得“富有”一点、舒适一点，却不曾在生命中留下一些有意义的足迹。我不想这样。

白榕之家/9

为了让猕猴适应我的出现，我常像傻瓜一样坐在珊瑚礁岩石上，给猴子们“欣赏”。

孙大圣与小侦探/15

小猕猴在树干后探头探脑，一副小侦探的模样。

老大与老二/28

孙大圣不在家，野公猴大剌剌地坐在王座上过过干瘾。

妻妾成群/39

母猴发情期间，野公猴纷纷在猴群附近出现，猴王变得暴躁易怒，时时发出咆哮。

赶出家门/55

少年顽皮猴的性冲动惹恼了大圣。终于在一阵追打教训后，被赶出了家门。

猕猴家族的一天/61

月夜下，隔着一小片浸满月光的森林，与一群台湾猕猴对坐，

目录 | CONTENTS

那真是我人生中美妙、充实而又快乐的时光。心中那股与大自然合而为一的喜悦，实非笔墨所能形容。

多彩多姿的森林/69

这世界一切都是美好的，没有令人愁恼的事物……

森林中的野生动物/90

如此众多的森林居民都是最好的邻居，从不烦我，也不会抱怨，还常送来美妙的乐音，解除我心中的一点点寂寞。

保守与进步/108

进化较早、过群体生活的灵长目具有传统行为。尤其是成年者及年老者，往往会抵抗新的行为模式，不愿发展新观念。

素食主义/116

野蛮人在接触文明之后戒掉了吃人的恶习，那么文明人在文明更进步之后，是不是该改掉吃肉的陋习呢？

天灾人祸/124

对台湾猕猴而言，如果没有人类，台湾真是天堂。这里没有大型的猎食动物，没有极端恶劣的气候，却有丰盛的食物。

芳邻与猴洞/131

大自然就是如此巧妙。生存其间的万物彼此相生相克，物种因而得以延续。

意外与及时雨/139

常使我工作受挫的是经费的短缺。为了拍猕猴，我已把过去仅有的一点储蓄用尽了，我被迫停下拍摄的工作。

进入森林的人类/143

人类中的确有很多这样的人——来到这世界，吃吃喝喝，最后拉了一堆，又走了……

猴王挽歌/148

我禁不住为新生命喝彩，但也为大圣难过。它是我见过的最英俊、最威风的猴王，我十分怀念它。

告别与省思/154

尽管人类文明在进化，但许多灵长目的天性，像自私、猜忌、贪婪、残暴、顽固、自大等，并没有随着文明而减少。

总序

自一九七五年以来，台湾不顾一切地朝建设“经济奇迹”的目标努力后，人们口袋里花花绿绿的钞票不断地增加，同时，我们环境的污染指数也不断增高，而大自然里的生物却快速地减少，萤火虫消失了，泥鳅、蛤蜊、青蛙……不见了，小溪岸、河堤、沟渠、田埂……大都铺上了坚硬、粗暴、丑陋的水泥，美丽、生动的大自然渐离我们而远去，孩子们也越来越少有机会去接近自然、向自然学习，也无法从自然那里得到启示、快乐、感动，儿童最珍贵的想象力也难以得到大自然的滋润，正如一位小朋友说的：“台湾的虎姑婆移民去了，因为大人把大树砍光，虎姑婆没有森林可以藏身了……”

为了保留台湾大自然的一线生机，二十年来，我经常上山下海，以纸笔、相机来记录美丽丰饶的宝岛。为了让儿童有机会与能力接触大自然，我也花好多时间去为孩子们演讲，并带领他们到荒野自然去进行观察与体验。我发现这种播种与扎根的工作是真正保护台湾大自然生机的最佳办法，而且效果显著，这些孩子都懂得从一个更宏观、更长远的眼光来反省生活与面对自然。

过去我与许多人曾以环保运动来抵抗那些制造污染、破坏大地的大企业，其结果就像遇见了希腊神话中的九头妖龙——你砍去一个龙头，它会再长出两个头来一样，不但没完没了，还会被套上“环保流氓”的大帽子而难以脱身。但是，这些曾深入荒野、受过大自然感动与启示的孩子，在长大之后，若是成为政府决策官员，他们不会为虎作伥；若是成为企业家，他们早就明白，“违反自然生态的投资”对整个地球、人类而言，是极为亏本、得不偿失的投资。

为了台湾的自然生机，为了孩子们，我在一九九五年创立了荒野保护协会，旨在汇聚更多理念相同，真正爱大自然、爱台湾、爱孩子的有心人士，一起来推动这个观念。此外，我也通过远流出版公司，出版我这二十年来在台湾山野所做的自然观察与体验，一方面为记录，一方面是我与大自然相处的经验传承，更是我在自然深处的沉思与反省。*

如果你阅读这一系列“徐仁修的自然观察与体验”而感到有些心动，请与荒野保护协会联系，你很可能就是那些将影响台湾未来的“荒野讲师”或“荒野解说员”。

---

* 徐仁修先生曾在台湾地区的远流出版公司陆续推出以“徐仁修的自然观察与体验”为主旨的系列图书，它们包括：《猿吼季风林》《自然四记》《仲夏夜探秘》《思源垭口岁时记》《荒野有歌》《动物记事》。这篇总序正是为这些书而写的。

缘起

一九八八年五月，我背着摄影器材以及野营装备，走进恒春垦丁的季风林。这大片森林坐落在垦丁中央珊瑚礁台地的脊背上，属于台湾省林业试验所的管辖地。区内珊瑚丘任意散乱地突起，峡谷纵横，并长满了大大小小的各种热带树种，是一处非常容易迷路的地方。

走进森林的主要目的，是去观察、拍摄一个台湾猕猴家族，同时也是想体验一下林中的生活。我一直是《瓦尔登湖》作者亨利·大卫·梭罗的忠实读者，虽然无法效法他隐居森林两年，但我可以从事类似而更积极的生活体验。

一九九一年四月，我结束拍摄工作，对于台湾猕猴，对于森林，对于台湾大自然，有了更深刻的认识，也更愿意全心全力地投入保护大自然生态的工作。

垦丁季风林。

走进森林

恒春的五月天，已经暑热如煎，我从耀眼炙人的阳光下钻入幽暗的季风林里，眼前顿觉一阵晕黑。

沿着林荫中的曲折小路缓缓行进，我正庆幸避开了南国的骄阳，却感受到林中湿热如蒸，同时空气中也飘着一股草叶腐朽的气息。这是秋冬的落叶正在加速分解。

小路爬上一片倾斜的森林，来到一片珊瑚礁两边夹围的平坦谷地。这里被开垦过，前几年才废耕，现在正茁长着比人略高的茂密新草。

我用开山刀砍开一线草缝前进，乱窜的绿色大蝗，时时像子弹一般射撞过来。一只撞到我的脸颊，在那里，它用那双强有力又有棘刺的大腿，留下了“到此一游”的记号。

空气中弥漫着因砍草而飞散的新草芬芳，混合着山边盛开的月桃花香，深深地愉悦着我。

穿过高草，沿着一道涓涓的小山沟边前行，一只只刚脱去尾巴的小泽蛙在我脚下跳开，青斑蝶和黄蝶从稀疏的长穗木初开的紫花间飞起。然后顺着“之”字形上升的小径，来到另一片更宽一点的废耕地。这里灌木、小乔木、藤蔓织长着，许多褐色的蚱蚱蜢的大腿强劲有力，还长着棘刺，若被它踢中，总会留下一排伤痕。

这里原来是耕地，几年前才废耕。现在高草、藤蔓、灌木、小乔木长满其间。

蜢和躲在路边草叶底下的蛾类，因我的走动而飞蹿。

我时常被弄错方向的蚱蜢撞上，也常被乱伸枝蔓的菝葜拦住脚步，但真正令我苦恼的是横在小路上方的搭肉刺藤，它们往往在我手上、脸上留下一排深陷的小刺。

我从谷地的南向开口进入，然后斜切到废耕地的西南缘，在大叶雀榕、黄心柿、苦楝混生的树下卸下装备，来到一九八四年潘姓猎人引我到来的地方。当年就在这里，我初次看见了谷地的东北角，紧靠着珊瑚礁山壁的一棵大苦楝树上四只台湾猕猴在互相理毛。那时这谷地刚废耕一年多，只有小灌木、芒草、姑婆芋长着，所以远远地就可以瞧见树上的猴子，现在我的视线都被争长着的小乔木遮住了，只有从几处的枝叶缝隙间可以望见大苦楝树。

从第一次见到猕猴时开始，我就计划着要做比较长时间的观察与拍摄，无奈当时任职的杂志社总编与老板都否决了我的想法。

现在我辞职了，终能走上这条通往季风林深处的小径。但工作经费、养家活口都让我担忧，仅有的一点存款向高山摄影家张正雄买了一套二手相机。每个月的底片、冲洗费以及房租都令我捉襟见肘，但我不能考虑太多，这样拍摄的机会不多了。多少才气洋溢的人，都因为世俗小事的羁绊而一辈子一事无成，或者只自私地让自己活得“富有”一点、舒适一点，却不曾在生命中留下一些有意义的足迹。我不想这样。能够为这片生我养我的土地，为台湾的大自然尽点力，这是我至少可以对生命有所交代的一件事。就这样，我来到这最初发愿的大树下。

远处的枯木就是当年我初次看到一群野生台湾猕猴的地方，当时枝叶茂盛，现已枯死。

白榕之家

为了找一个适合长期扎营的地方，我试过好多处，最后在废耕地北边另一个谷地中找到一处相当理想的营地，就在一棵巨大而有许多垂根如柱的白榕树下。这棵树的垂根都已变成树干，所以已经很难分辨到底哪一根树干是最早的主干。这些垂直的树干在顶上都有横干相连，就好像一座房子的梁柱一般。它虽然是一棵树，却又像是一片白榕林，正是标准的一木成林。

白榕垂下的根柱正好可做我吊床悬挂的着力点。从五月到九月之间，我在林中过夜时，大多需睡吊床，以避开潮湿的地面。其他的季节，我可以在气根间搭起帐篷。

营地的东北向，紧邻着白榕，有一片如墙的珊瑚礁岩突起，刚好与白榕等高，不但可以在秋冬挡住强劲的东北季风，它向内凹陷的地方也正好可以让我摆置各种装备不被雨淋湿，珊瑚岩壁上的许多小洞穴也可以塞各种罐头、餐具。

营地的西边，十几米之遥就是一条小溪，只有在雨季有水。我在溪边刨开了一个桶状的凹穴，用一张雨布垫在四周和底端，溪水干涸之后，这里贮存的水可以让我半个月以上不愁饮水。

另外，在离营地大约十几分钟的路程之外，我发现了一个深长的地下岩洞，洞底贮存了丰富的地下水，在干旱的日子，我会

这里就是我的营地——白榕之家。营地相当宽敞，即使同时招待五十位宾客，外加他们的灵魂，也不会觉得拥挤。

来这洞里取水。

在小溪的对岸，有一条短短的珊瑚岩裂缝，状如隧道，这隧道长约五米，很适合在下倾盆大雨时作为躲避暴雨的地方。

我的营地相当宽，即使同时招待五十个宾客，外加他们的灵魂，也不会觉得拥挤，这个营地我称之为“白榕之家”。

白榕之家相当隐秘，离一条不甚明显的森林小径有六十米之遥，中间横着高高低低的珊瑚岩丘以及茂密的林木。因此即使有人沿小路进入森林来，如果没有我的邀请，他们也是不得其门而入。唯一知道我白榕之家的是附近的居民——三只进入森林的山羊，它们常站在小溪对岸的珊瑚岩丘顶俯望着。我想，它们对我的好奇，正如我对它们的好奇一样吧！

我在白榕之家的第一晚就是被它们吓醒的，它们在丘顶磨蹭，发出窸窣声以及小石子滚落的声响。我用手电筒照过去，光柱中反射回来两对冒着青火的吓人大眼睛，目不转睛地瞪着我。我想它们也被我吓到了，因为它们随即隐身在岩丘的背面，并传来奔跑的声音。

山羊是我在森林的好邻居，有时我们在森林相遇，都是它们把路让给我，然后静静伫立在林荫中对我行注目礼。我常在一些珊瑚礁岩石上看见它们留下的排遗，从中我可以判断出它们多久以前到过那里。

它们偶尔也来拜访白榕之家，但总是趁我不在家的时候。有时它们会舔舔那尚有咸味的锅，也会把我剥下的菜叶吃光。有时我没有什么东西可以招待客人，它们大概感到有些失望，最后也会留下一小堆一粒粒像药丸子一般的排遗，告诉我它们来过白榕之家却空手而回。

第二年底，我发现它们增加了一只。

一篝营火，炊饭煮茶，生活何其悠闲、单纯，还有一点孤独的愉快。

为了让猕猴适应我的出现，我常像傻瓜一样坐在珊瑚礁岩石上，给猴子们“欣赏”。

我常见猴王遥遥地坐在珊瑚礁突起的地方，守望着它的森林王国。因为猴王的出现，整座森林顿时生意盎然起来。

逸入森林的山羊是我的好邻居，从不打扰我，即使到我的营地来拜访，也都趁我不在的时候。它会用舌头检查我的锅是否洗得干净……

孙大圣与小侦探

第一个工作日的早晨，我又来到初见猕猴的废耕地，蹑手蹑脚走到一个可以瞧见那棵大苦楝的树隙。这棵树是我找寻的主要目标。猎人告诉我，几年来，这棵树是猕猴群活动的中心点，其后的珊瑚礁丘的缝隙很可能就是猕猴栖息过夜的地方。

记忆中的大苦楝树原本枝叶茂盛，此时却已枯死，树顶成了光秃秃的枝丫擎举。观察它焦枯的迹象，应该是猕猴长期盘踞、攀折、摇撼、拉撒的结果吧！

然而，衬托在森林盎然的绿意中，枯干的大苦楝树显得格外突出，也分外沉寂。大树即使枯亡，依然保有它特殊的威风和个性。

我身着迷彩装，小心翼翼地向前慢慢移动，尽量减少身体与草叶的摩擦，以及枯枝被踩断的声音。

“猕猴群还在吗？”我怀疑着、期盼着，从小乔木间的树隙探出头去看大苦楝树。

突然，大苦楝树的枯枝啪啦作响，并猛烈地摇晃起来。

我被这无风自动的大树吓了一跳，定神看去，原来正有一只台湾猕猴松开双手在枝端做人立状，并奋力地摇动着树枝。

几秒钟后，它停了下来，随即飞纵到另一枝干上，然后把它的长尾巴高高翘成“S”状，并用那发亮的“火眼金睛”直瞪着我。

半晌，它见我毫无动静，又半俯前身，一副作势欲扑的姿态直对着我。

我静立如岩石一般。几分钟后，这只怒猴撤去敌对的姿态，改为蹲坐，然而它对我的防备并未丝毫松懈。

不过我总不能整天不动地站着，况且林中的白线斑蚊非常凶恶。最后，我向后退了几步，点上蚊香。

当我重新走回树隙下，那只猴子又立刻把刚才的行动——摇树、跳跃、作扑状，重新上演了一遍。

慢慢地，它对我只在远处的轻微走动，不再像初时那样反应激烈。后来它靠着树枝打起盹来，但眼睛仍然开开闭闭，只要我有任何较大的动作，它都会立刻投来如激光一般冷厉的眼光。

它在那棵大树上睡睡醒醒约有半个多小时，突然站起来飞纵入苦楝树旁边一棵涩叶榕浓密的枝叶间，就此消失了。整片森林又回复了寂静。

从早上一直到下午四点，猴子就没有再出现过，我往附近的森林中寻找，也不见踪迹。下午近四点时，我在黄心柿树下撑起了吊床，躺下来休息了一会儿，突然我在眼光转动间，觉得大苦楝树上似乎多了什么东西。我定睛瞧去，那只猴子不知何时已经端坐在那枝头上，但它并没有看我，只俯身望着身后那边的树林。我顺它看的方向望去，发现几棵树在轻轻摇动

猴王常在枝干上以人立状来摇晃树枝，使树枝噼里啪啦作响来威吓入侵者。

摇树之后，旋即来一番枝干间的纵跳，以显示它的惊人功夫，好让敌人知难而退。“不战而屈人之兵”是大多数野生动物争斗的最高指导原则。

左页图　猴王实行独裁统治，也使自己陷于上位者的孤独，它随时要防备其他野公猴的挑战，保护辖下子民的安全……

本页图　猴王时常巡防自己的疆域，以防外敌的入侵。虽然它的尾巴翘得威风凛凛，但也是战战兢兢，如临深渊。中国人常说，高处不胜寒，在上位者永远是寂寞的。在猕猴的世界里，猴王也是寂寞的吧！

着。我用望远镜拉近来看，原来是一只一只的大小猕猴，正打树上回来，不久它们就到了苦楝树上，共有五只大小猴子。

这五只猴子分成两组，坐在枯树不同的两条较低而有旁树遮阴的枝干上，亲密地挤在一起，相互地理着毛。而早上我见过的那只泼猴，却孤零零地坐在最高的枯枝上，仍望着远方，偶尔它站起来，尾巴总翘成高高的“S”状，这点是它与其他猴子不同的地方。那几只晚回来的猴子，无论走动、站立，从没有一只会翘起长尾巴。

后来，我对这群台湾猕猴的习性渐增了解，才知道这尾巴翘成“S”状是猴王的特权和象征，猴群中没有其他猴子敢做同样的动作，否则必会招来猴王的一番追打与教训。

这猴王长得威风英武，从许多角度看来，比起《西游记》中那只花果山的美猴王毫不逊色，于是我尊称它为“现代孙大圣”，简称“大圣”。

森林中的生活我适应得很快，倒是猕猴的摄影进行得并不顺利。一方面，我的望远镜头还是不够长；另一方面，猕猴对我颇具戒心，只要我稍作移动，或对焦准备摄影，总挨来一阵摇树示威，然后一下子，所有的猴子都消失了。而且它们每天都去不同的地方觅食，有时我一整天也看不见它们，所以我拟定了两个战略：

一是当猴群在大苦楝树附近活动时，我就坐在它们西边对面的珊瑚岩丘顶，让它们清楚地看见我、观察我，直到它们把我当做森林中的一分子时为止，因为我曾看见那两头山羊走到猴群觅食的树下，猕猴也不曾对它们示威过。

二是猴群外出觅食时，我就追踪前去，看看它们活动的领域，好摸清它们的作息以及每天活动路线的变换。而我同时也可以熟悉这大片森林的地势，以利我的行动与拍照。

就这样，几乎整个月我都如此与猕猴相处而不曾拍照。起先，似乎没有多少成效，令我颇觉挫折，尤其常常坐在丘顶上给猴子看，觉得自己像傻瓜一样，并且有一种“坐吃山空”而没有任何生产的感觉。但“既来之则安之”，我坐在丘上开始记录、辨认森林的变化以及树种，也同时赏鸟。情绪低落时就取出梭罗的《瓦尔登湖》来勉励自己。

五月底，我的策略有些成果了。那是一个蛮热的早上，大概十点钟左右，我瞥见北面的森林似乎有东西移动的影子。突然间，我看见一只猴子，从一棵离我约二十几米的树干后伸出一个头来瞧我。但当我的眼波与它的眼波相遇时，它就立刻把头缩了回去，等一会儿又把头慢慢伸出来。如此彼此对眼数回，我开始转过脸去不再直眼瞧它，而只用斜眼瞄它。果然，它就不再躲到树干后了。

我发现它是一只小猴子，一副顽皮相。有时，我稍稍挪了一下身体，它就立刻把头缩回一半，只露出眼睛的部分。

后来，又来了一只比它略小的，也同样学着那只摆出一副探头探脑的小侦探模样，我想它们是猴群派来的侦察兵，前来看看我这只从来不爬树的巨猴怎不会饿死吧？！

大概它们见我久没有动静，颇觉无趣，两只猴子就嬉戏追打起来。有时小的被拉扯而疼得大声尖叫，甚至有一次还掉下来，幸好它抓到一根水藤，才没有直落地面。

在它们正玩得起劲时，我架起了相机，它们立刻又变回了小侦探，我迅速拍下了它们“鬼鬼祟祟”的照片。

第三天，情况更令我振奋，一只比先前那两只小猴子更大一点的少年猴前来观察我。它起初也停在那树干后面，但我完

小猕猴在树干后探头探脑，一副小侦探的模样。

全不予理会，如同我没有发觉它一样。不久它就大胆起来，竟然爬到离我不过十米的白榕枝叶间，在那里露出一双明亮的眼睛偷看我。

其实，我在它前进时已经悄悄地把相机瞄好，等它躲在枝叶间观察我而渐失警觉时，按下了快门。它被快门微微吓了一跳，立刻隐身在枝叶间。

过了一阵子，它见我毫无动静，竟然从枝叶上方露出整个头来探视。现在，它对我的快门声似乎逐渐适应了，但对我的眼光以及动作仍然保持戒心。

后来它见我没有敌意，也没有威胁的行为，就在枝叶间开始采食白榕的紫黑色熟果，而且吃得津津有味，嘴唇也染成紫红色，好像它也吃槟榔一样。

它何时离去我完全不知晓，正如它的来到，是完全静悄悄的。

到了六月初，我发现大圣对我摇树示威的次数大为减少，这使我颇受鼓励。尤其最近一次，它来到我下方的大茄苳树，它投过来的眼神竟然不是充满敌意与威吓的火眼金睛，而是一种带些许同情又有些轻蔑的眼光。

当这群猕猴逐渐默认我为遁入森林中的另一种家畜而容忍了我在林中出没时，我却必须暂时离开两个多月，因我要到中国大陆去做一趟边疆之旅，这行程早在一年前就已安排了。

我很担心，在我走过青海、西藏、内蒙古回来之后，这群森林的朋友是否仍然记得我呢？幸好，它们的记忆力并不差，当我在八月的最后一日回到这片森林，仅仅两天，它们似乎又记起我这头被抓回去一段日子的家畜，终于再度遁入林中。

就这样，我与这群森林中的朋友交往了两年。当然，我不是整月整年住在林中，我每月最少在森林中观察七至十天，而在猕猴有特殊的行为意义期间，例如发情期、小猴出生期，我就停留三周左右。

由这两年的林中观察，我对台湾猕猴、树木、森林，以及森林中的其他野生动物有深一层的认识与体验，我记下了许多经历及思考，分享给喜欢大自然的朋友……

本页图 好奇的顽皮猴，一面采食榕树的紫色果实，一面不时站立起来偷瞧我。

右页图 幼猴非常好玩，时常脱离母猴而玩在一起。它们的精力无限，很少休息，却总是精神奕奕地追逐拉扯。

老大与老二

台湾猕猴为了生存，发展出群体生活，但群体中的社会秩序，有赖于一个强而有力的领导，以及成员间严格而分明的等级地位，否则团体行动无法一致，成员间会争吵、打斗不休，导致群体崩散。所以，群龙不能无首，群猴不能无王。

一群台湾猕猴中各成员的地位高下是由比武来决定的，最强的是猴王，次强的是老二，然后是老三……这种等级严明的现象一般存在于数量较多的猴群团体。我所拍摄的这群猕猴成员太少，仅有一只公猴加四只母猴和六只小猴，所以没有等级地位的争夺战，只有猴王王位的争夺战。

大圣是于一九八七年九月夺得王位的。当时大圣还是一只年轻力壮的公猴，在森林中过着流浪的单身生活，而这一小群猕猴是由一只老公猴带领。大圣大概看上了这群雌猴，于是向老公猴挑战，最后凭着力气、敏捷、聪明和勇猛，打败老公猴，接收所有的妻妾，包括老的、年轻的以及带拖油瓶的……

王位争夺战发生的时间是在我进入森林的前一年，所以我没有见到，但却有一位捕鸟人躬逢其会。有一次他与我在森林里相遇，我们坐在枯倒的木干上聊起天来，应我之请，他把那场猴王

在妻妾增加后，猴王孙大圣收留了一只野公猴作为它的警卫队长。这只野猴因为鼻子歪在一边，所以我为它取名“歪鼻”。歪鼻因为是新加入猴群，对我不熟，所以当其他的成员接近我时，它却在树上加以警告。但没有成员把它的警告当一回事，使得它满脸露出狐疑的表情，连警告声也愈来愈没自信。

争夺战在嘴里一五一十地“打”了一遍。

“那是红尾伯劳来临不久后的一个下午，大概是九月间吧。”这位有着排湾族血统的捕鸟人，用一口闽南语说，“我像往常一样穿一件旧的阿兵哥绿色上衣，背着捕鸟网，悄悄潜入森林里……”

“当我轻手轻脚来到前面那片废耕地，”他放低声音说，“正要走过废耕地间的小路，突然……”他睁大了眼，声音顿时放粗，“我被一阵可怕的咆哮声吓着了。等我镇定下来循声看去，发现崖上一棵红柴树正摇个不停。我看了好一会儿才明白是怎么一回事，原来是两只猴子打架，它们正在争夺王位！”

“可能只是两只猴子争吵打架而已。怎能肯定它们是在争夺猴王的宝座呢？”我插口反问道。

“那只老公猴我可认识！它的右耳朵破裂，像一张破树叶。”他斩钉截铁地说，“每次我打废耕地边经过，无论多么轻巧，这老家伙都会立刻发现，然后就跳到大树上拼命摇晃。这点比‘国家公园’警察还厉害呢！”他指着那棵枯死的大苦楝树说，“接着它凶巴巴地瞪着我，好像小流氓一样！”

“接下去呢？”我怕他把话扯远了。

“另外一只公猴是我从未见过的。它们打了一阵子又分开一段距离，彼此怒目瞪视。两只公猴各自把长尾巴翘得半天高，好像谁翘得高谁就威风。”他调侃地说，“我虽然无法从人群里头分辨哪一个地位较高，但猴子我是知道的，高翘的尾巴就是王杖！”

“就这样瞪一瞪，换一个地方干上一架，再瞪一瞪，又换一个地方干一架。树上、山崖上都干，有一次还一起掉落地面。后来两只都消失在小山后面，留下大树上一群看热闹的老老少少在那里发呆。也许不是发呆，而是希望来个改朝换代吧！”他一口气不停地说下来。

“你为什么会认为它们希望改朝换代？”我对捕鸟人的想法觉得好奇。

“新鲜嘛！年轻嘛！”他理直气壮地说，“人都是这样嘛！”

“就算人是这样好了，”我反驳他说，“它们可是猴子，不是人！”

他听了突然不说话，把脸一侧，两眼直瞧着我，然后摇摇头说：“我看不出人跟猴子有什么不同！”

我为了知道猴王争夺战的结果，没有跟他斗嘴，只好苦笑着追问：“猴子战争就这样结束了吗？”

“第二天我来收取捕获的小鸟，仍听见森林里有猴子打架的声音。”他说，“第三天我又来收取小鸟，结果看见一只红脸的母猴，正温柔地替新丈夫按摩。我看见这新登基的年轻猴王手臂上还血迹斑斑，那老公猴大概更惨吧！”

这就是新猴王产生的经过，打斗两天才结束这一出武戏。当年台北市动物园里的台湾猕猴争夺王位，竟鏖战了三昼夜，从陆地打到水中，水中打到陆地，可见其惨烈！不过这比起同属灵长目的人类，那就可算是芝麻绿豆，小事一桩。君不见自古至今，几乎所有个人独裁的国家，在改朝换代时，很少不人头乱滚、血染大地！

大圣既然是王，想来必然相当称心得意。但它也和人类的王一样，都有无可奈何的共同痛苦——寂寞。因为大圣统治它的王国与人类非常相同，全靠武力与独裁。为了保持王的特殊地位，它时时处于一个高于猴群的孤独地位。皇帝坐在高高的龙椅上，而猴王坐在高高的树枝上，几乎没有人敢亲近王。古来帝王皆寂寞，这位大圣也不例外。

大圣大部分时间都与猴妻猴子们保持一段距离，或者该说是猴妻猴子们都与大圣保持着一些距离。我想这就是所谓的敬而远之吧!

当全家忙着在附近采食野果时，大圣却孤单地高坐在大苦楝树的宝座上，俯望着它的疆域，防备敌人入侵。敌人可能是觊觎它王位的公猴，也可能是猎人。大圣为了提防入侵者，似乎很少进食。

有时候，大圣一家在远处觅食，大圣仍然独自在大树上称“孤”道“寡”。往往猴群早已无影无踪，它才倏然一翻身，落入茄苳树枝叶间，悄悄地追踪它的子民而去。

下午四点多，猴群往往会回到大苦楝树上，或打盹或休息，或相互理毛。总是经过一段时间，大圣才突然飞跃上树，然后在众猴注视下，落座在它的高位上。如果宝座附近原有其他猴子正在休息，那么过一会儿，这些猴子都会移到其他的枝干去，位置总是比大圣的座位低一些。

有时候森林中出现特别的状况，例如大冠鹫从旁飞过，直升机低空掠过，都会激怒大圣，使它做出摇树吓敌的行动。初春公松鼠的吠声或打架尖叫声，也会使大圣不悦。它会半俯着身子，朝着声音的出处瞪目警戒。

如果松鼠的声音正好发自我站立的附近，大圣恰好朝我这边瞪眼以致与我的眼光相遇，这时，它会立刻稍稍侧脸，把眼光偏离我。我知道它在表示它生气的对象不是我，不要误会！因为相处几个月之后，大圣已经默认我的存在与无害了。

大部分时间里，我和大圣可说是相安无事。有时候不期然地在森林中相遇，它会从树上投来冷厉、怀疑的目光，我只要立刻朝它咧嘴露齿一番，通常它会瞪我几眼后，满意地转身离去。

我这种唇动的动作，正是台湾猕猴表示臣服的行为。在我承认它是“老大”之后，它都会表现“大人不计小人过”的王者气度，容忍我挡住它去路的小过错。在森林里，我偶尔会遇见单独行动的陌生成年猕猴，它们都是雄的，有老的，有年轻的。它们胆子较大，有时我走得离它很近，它也不以为意，至多退开一点，而不会逃开。这些都是在森林流浪的独身公猴。

它们虽然过着流浪的单身生活，但通常也不会离猴群太远，它们有的准备有一天猴王会恩准它加入猴群，成为大王的副手，而有的野心较大，会找机会挑战猴王的王位。当母猴发情的十月、十一月，在猴群的附近，我经常看到流浪公猴出没。它们往往像贼一样躲在树梢，找机会与落单的雌猴交尾。毕竟猴王老婆太多，难以面面照顾到而使它们有机可乘。

雌猴发情期间，我曾看见多达五只流浪公猴遥遥徘徊。其中两只是我认得的，一只是歪鼻，它还算年轻，一只是缺耳，年纪看来不小了。我怀疑缺耳是前任猴王，它几次偷香成功的对象都是那只年纪最老的母猴，我称它为大妈。

最有趣的是，缺耳通常也把尾巴翘成“S”状。这种行径不知是过去当王时养成的习惯，还是它仍自封为王而随时准备复国?

缺耳常在猴群到别地觅食时，来到大苦楝树上过过“王”瘾，在那里打盹重温旧梦。但它一定会在猴群回来前离开，以避免与大圣正面冲突。

有两次，我看见大圣与缺耳隔着小峡谷对峙，两猴各自举着“尾”旗相视，但大圣也没有一怒为红颜地冲过去。所以我想，它们之间保有某种默契，而不必做生死决斗。

左页图　孙大圣不在家，野公猴大刺刺地坐在王座上过过干瘾。

本页图　野公猴缺耳静悄悄地藏在野桐树上窥探，随时寻找偷情的机会。

一九八九年十一月，二妈的女儿发情了，成为大圣的第五个老婆。“喜新”的大圣在这个新娘身上花了不少时间与精力，使得大圣无暇临幸其他的老婆，因此让那些在一边伺机的野公猴有机可乘。

起先，大圣还常追逐这些野公猴，但这些偷妻贼都是采取“你追我跑，你停我来”的游击战术，弄得大圣不胜其扰，最后只好改变战术——从老婆方面下手。有几天，大圣突然变得精力无限，一个早上分别与几个发情的老婆交尾，次数总达十几次。但过不了几天，大圣就显得力不从心，而野公猴乘机纷纷交尾得逞。看来，大圣若没有可信赖的帮手来对付这种情况，是会精疲力竭的。

十一月中，我发现猴群突然间多了一只陌生的年轻公猴。每次猴群移动，它都远远地尾随，远比其他野公猴更靠近猴群。

两天后的一个下午，这只年轻公猴正在大苦楝树上休息。突然，高举尾巴的大圣出现了，威风凛凛地直对年轻公猴走去。这只公猴并没有转身逃走，它立刻放低身子，并对着大圣做出露齿的表现。

大圣越过年轻公猴，用臀部对着它，尾巴翘得高高的。年轻公猴立刻恭恭敬敬地替大圣理毛。大圣似乎对这只公猴的驯服颇为满意，过了一两分钟便扬长而去。

又有一天，年轻公猴坐在大树上，大圣突然跳上大树来到年轻公猴旁边。大圣忽然抓住年轻公猴，并跨骑上去，这只年轻公猴也乖乖的任由大圣跨骑。

大圣这种跨骑公猴的行为主要作用是示威——一方面向附近的野公猴夸示它的威武与权力，一方面提醒年轻公猴不要忘了谁是王。

两腮吃得鼓鼓的，成长中的雄猴越来越有自己的看法，也更有自信了。

猴王命令歪鼻替它从身后理毛，这是歪鼻臣服的行为。

此后，这只年轻公猴正式成为这群台湾猕猴的老二，并兼任警卫队长。每次猴群移动，它都殿后警戒，非常机灵的样子。附近出现任何状况，它都负责前往侦察。

十二月中旬，猴群来到我拍摄地点的附近觅食。因为这些猴子都认识我，所以极为安心地靠近来。但这只老二对我不甚熟悉，因此一直站在稍远的地方，以不信任的态度警戒着。它发现，几只顽皮猴靠近我时，不但不害怕，而且也没有做出通常发现不寻常状况时的警告动作或示警声。这使它大惑不解。它高高地站在大叶雀榕树梢上，以狐疑的眼光直盯着我，足足有十来分钟之久。

有时，它在大树上休息，如果大圣突然做出警戒的姿势，它会立刻起身做出相同的警戒动作。它与大圣唯一的不同是，从来不敢把尾巴翘起来成“S”状。

当众猴在大树上休息或社交时，如果附近的树上突然有野公猴出现，只要猴群中任何一只发出示警声，这位负责的警卫队长便立即像箭一样朝野公猴出现的方向飞射而去。我想这种保家卫族的拼命精神，大概正是大圣接纳它成为家族一员的原因，而它的拼命也换来大圣偶尔恩允它与母猴交尾。

自从大圣有了这位忠心耿耿的老二以后，无论是应付妻妾还是强敌，都不再像以前那样疲于奔命了。

被统治的成员增加了，独裁者就需要鹰犬帮他维持独裁的形式……

妻妾成群

时序到了九月底或十月初，恒春地区刮起落山风。暑热渐退，森林不再闷热。这时候，三只四五月份刚产下小猴的母猴，脸色渐红，臀部红得像染了胭脂，大圣的肛门一带也变得通红。这表示它们发情了。

在猕猴发情期，大圣总是坐立不安，脾气变得敏感暴躁。这也难怪它，因为在猴群活动范围的附近，现在经常出现野公猴。这些都是偷妻贼，总躲在一边，伺机偷香，使得大圣时常要担心妻妾贞操，而提防被戴绿帽子。有时我听见森林里一阵树动枝摇，然后是一串咆哮或厮打声，我就知道大圣正在追打入侵者。那声势相当惊人，就连那些一两岁的小公猴也常遭大圣教训，甚至追打。几次我看见小猴无路可逃，被大圣从枯树逼落到小树或低枝，吱吱地尖叫着。

有一次，我换新位置照相。或许大圣一时不察，把我当做偷情野公猴。它用极快的动作几乎同时撼动我四周的树木，好像有几只猴子在进行威吓一般。我刚抬头看前面摇动的大树，大圣已经到我后方并开始摇树了。看大圣的动作，我才真正明了什么是“轻功”。

上图　当秋风初起，母猴发情了，猴王的肛门附近也变得通红。这表明，台湾猕猴进入交尾的季节了。

右页上图　秋风吹起，母猴的臀部红肿，这表示它发情了，等到它红得像染了胭脂，也就进入交尾的时候了。

右页下图　母猴发情期间，野公猴纷纷在猴群附近出现，猴王变得暴躁易怒，时时发出咆哮。

又有一天中午，我走过森林，发现猴群正在树上睡午觉。我仔细观察，不见大圣在附近，暗自庆幸，赶快架上三脚架，准备拍摄众猴睡姿。突然间，我感觉到一阵暖雨飘落。这令我大惑不解：大晴天里怎会下起雨来？我抬头想看看天色，是不是飘来一小片乌云，下起这地区特有的地形雨呢？我一仰头却看见大圣在我头顶树干上对着我撒尿！

大概它又把我看成来偷情的野公猴了。这是大圣七十二变中的第七十一变。它还不曾对我施展最后绝招——拉大便。它的妻妾们在情急时，常用这一招来臭走敌人。有一次蝴蝶生态摄影家蔡百峻来森林看我，这位贵客就受到母猴们最热情的款待——猴尿一泡，粪便数团。

十一月以后，大圣大部分时间都守在发情的雌猴旁边，不只为避免皇后贞操遭到污损，也为确保太子血统不出问题。关于皇后贞操清白与否，我有幸做了目击证人。

那一天，正当大圣跟宠妾在苦楝树上谈情说爱，互相轮流理毛时，我恰好看到它的另一个老婆就在对面岩丘顶上，在猴群众目睽睽之下，半推半就地让野公猴做了使大圣戴绿帽的事。这使我想到：为什么中国皇帝要把侍从阉割成太监？因为他知道，皇后的贞操是不能相信的。

大圣发现后飞奔过去。野公猴早已得逞并逃之夭夭。大圣看来余怒未消，也不管红杏出墙的皇后如何不愿，它立即跨骑上去，几回抽刺，又草草了事地下来。我想大圣可不真想做爱，而是为泄心头之愤，同时向偷情公猴表示：它才是真正的主人，真正的王！

在发情期，大圣虽为维护妻妾贞操时常怒目咆哮，但有时也表现出温柔的一面——让发情母猴替它理毛。这时的大圣会闭上双眼，任由雌猴为它做全身按摩。那舒服陶醉的表情，我想所有高级的灵长动物都能心领神会。

母猴替大圣理了许久之后也会趴下身要求大圣替它理毛，但大圣总是兴致不高或者因为“大公猴主义”作祟，往往粗手粗脚在母猴身上随便挥动几下，时间很少超过一分钟，然后又趴下来要母猴继续，而母猴也只好无可奈何地继续替它理毛。大圣肯劳动“天子之手”替这母猴理两下，已经给母猴很大面子了。这显示了它此时得宠的地位啊！

为了看守发情的宠妾，大圣这时很少管其他猴子了。常常它们到远处觅食时，大圣却跟宠妾在大树或岩石上厮守温存。即使一整天不见猴群回来，大圣也不在意，专心享受它的艳福。

大圣这种不理朝政的态度，使我想起中国历史上许多躲在深宫，贪享女色的昏君。大圣这样的日子毕竟很少，因为它没有一批为虎作伥的大臣来替它把守江山、镇压不满分子。大自然里生存与繁殖的竞争随时在进行中。

大圣虽然有几天终日与宠妾单独相处，却很少做那码事，反而喜欢在猴群回来时当众跨骑爱妾。这时它跨骑的时间长达十几二十秒，可不是那种草草了事的两三下。

这种在众妻小前交尾的现象，我猜一方面是为显示王者权威，向其他妻妾证明它的能力，同时也是在教育小猴子。此后小猴子彼此玩耍时，也会出现跨骑游戏。性教育就是这样完成的啊！

当初大圣接收猴群时，有只雌猴未成年。它在一九八八年十二月发情了，这表示它成年了。这位“准新娘”，我称它为“四姨太”，最得大圣宠爱。有几天大圣竟日与这位新娘独处，不但长时间接受新娘的理毛，而且破天荒地花上十几分钟为它的

正在午睡的猴群。

比起那些野公猴，虽说猴王享尽艳福，但要应付好几个老婆，一天交尾十数次，也终究有力不从心的时候。大圣累垮了，正偷空打瞌睡，但身旁的四姨太却高翘着发红的臀部在等待……

“按摩”的舒服滋味，完全表现在台湾猕猴的姿势与表情上。这种“理毛”的行为是猕猴最重要的社交行为，是一种确定关系、地位的具体表现。

宠妾理毛。我不知道这是不是高级灵长目的特性之一——喜新。

不过大圣虽然喜新，却没有厌旧。年纪最老、体型最大的那只母猴，我称它为“大妈”，它喜欢摇树示威。这行为通常只有猴王才能做，但大圣并没有对大妈表示不满。

母猴发情期间，大圣显现出无限的精力，常常一个早上行房好几次，似乎把十个月的禁欲，全发泄在这一两个月中。大自然如此安排自有它的道理：这保证母猴一定可以怀孕。

大圣的老婆们先后在十一、十二月都怀了胎，其中有三只曾在今年三、四月间才生下小猴，而且至今小猴仍常常黏在母猴身上。

母猴怀孕的迹象一直到二月以后才略见端倪。首先我发现母猴们胃口大开，吃得很多，进食次数频繁，时间也更长。此外，腹部比往常鼓起。到了三月，它们的乳房肿胀了。

四月上旬，大圣的二老婆（我称它为“二妈”）产下一子。四月中旬，大妈和三妈（大圣的三老婆）也各产下一幼猴。四姨太一直到五月才初为猴母。

大圣这年成绩不错，虽然是新郎却一举得到四只猴子猴女。这使它的家族顿时兴旺起来。

刚生下的小猴子长相怪异而有趣。头大、身体小，一双圆大的眼睛配在满是皱纹的小脸上，再加上动作慢吞吞的，简直就像银幕上走出来的“E.T.”。

初生下来的小猴子躲在母猴怀里，用小手小脚揪着母猴两边肋上的毛发。开始的几天手脚力道小，无法黏住母亲，常由母猴一手搂抱。过几天，小猴子就能靠自己的手脚吊挂在母猴胸前，即使母猴奔跑、跳跃，也不会脱落。

几个星期过去了，小猴子开始偶尔离开母亲，向四周探索。

随着日子的过去，怀孕的母猴肚子一天天大起来。

刚生下的小猴子长相怪异而有趣，简直就是从银幕上走出来的“E.T.”。

慢慢地，它学会了爬树枝和捡拾母亲遗落的食物来尝。

随着时间的过去，小猴子离开母亲的时间渐渐增加，也越来越顽皮。同龄的小幼猴会互相追逐跳跃。当大猴子都在休息的时候，它们往往玩得十分起劲，或是摘采野果来吃，或是模仿大猴子从高处跳下。

现在只有在吃奶的时候，小猴子才会钻进母猴的怀里。倒是母猴常不愿小猴离开，稍有声响立刻把小猴抓回怀里，或者把小猴紧紧拖住，以清除小猴身上不洁的东西。有时用手无法清除则用牙齿，偶尔弄疼了小猴子，小猴子尖叫着逃开。这时母猴会用力抱住，继续清理，直到它认为干净为止。

随着小猴子一天天成长，大圣的家族变得温馨、热闹起来，充满了生气与活力。

小猴子一天一天地更加好玩了，玩起来也更疯狂了，我常看见三四只小猴子在山壁上或垂藤上一面往上爬一面相互拉扯。往往是拉成一团然后一起掉下去，但它们总会在落地前抓住枝条或藤蔓，而不会结实地摔落地面。它们这样粗野地拉扯，有时也难免扯出火气而咬打起来，但在几声尖叫之后，另一局比赛又重新开始。它们这样玩耍常常一玩就是一两个小时，那种一再重复又乐此不疲的游戏与人类的小孩子没有多少差异。

另一种它们最常玩的就是从高处跳下，用手抓住底下的枝条，然后又爬到高处重新再来一次，这种纵跳的游戏也可以重复好久。不过它们也有失手的时候。我曾看见一只跃下的小猴子，抓到的枝条太细，结果枝条断了，小猴子摔落在岩石上，竟然昏死过去。好几分钟以后，它才摇摇摆摆地坐了起来。

由于猴王妻妾众多，难免让偷妻贼有机可乘，但到底它们是两厢情愿还是半推半就，那只有它们知道了。

游戏打闹的小猴子，有时也会玩出火气而彼此扯咬起来。

从高处飞纵落下，是小猕猴最爱玩的运动与游戏。这使它们长大之后，都有飞檐走壁、林间纵越穿树的功夫。

赶出家门

大圣有一位养子，是大妈拖油瓶带过来的，当时大约两岁半。一年多来，它渐渐长大，身体也强壮起来，俨然已是一只小公猴了。

大圣对于这位顽皮的养子，原本就没有多少好感，只是碍于大老婆的情面，容忍它的居留。现在它逐渐大了，常常不小心流露出公猴的本性。有时它学大圣摇起树来。有一次，我看见它坐在柏树高处，也就是大圣常坐的地方，竟然大张双腿在那里自慰，直到射精为止。有时它把小猴子抓来跨骑，甚至抓大圣的宠妾来跨骑。大圣感受到威胁，常借机教训它，偶尔还把它打落树下，追逐得吱吱尖叫。

十月里的一天，我发现族群中没有小公猴的踪影，而大圣却高高坐在苦楝树上，时时往远处眺望。我用望远镜朝大圣瞭望的方向看去，发现小公猴单独在雀榕树上觅食。我知道它被大圣赶出家门了。

我替小公猴感到难过。但这几乎是每一只雄性台湾猕猴成长过程中必经的考验，也是猕猴进化带来的结果。

台湾猕猴是一夫多妻的社群动物。以猴王为大家长。如果它所统领的猴群在十只左右，通常只有猴王是雄的，其他成员全是雌猴或幼猴。如果成员更多，那么猴王会收留一只雄猴做副手。如果族群更大时，也有可能再收留老三、老四。台湾由于开发太快，破坏了天然栖地，加上人类的围捕，猕猴族群有愈来愈小的趋势。

大圣的小家庭仅容自己独占，不足与其他雄猴分享。当小公猴逐渐长大，尤其在大圣的宠妾露出发情征候时，它开始对这个渐露雄风的养子看不顺眼，最后，终于忍无可忍将小公猴赶出家门。

大约有一个月时间，我还常看见小公猴远远地随着猴群移动。但每当它稍微接近，大圣就会悄悄上去追打一番，一直到小公猴落荒而逃。

十一月以后，我就没有再见到小公猴了。此后它将有一段时间在森林各处流浪，一直到完全长大。

如果它运气不错，可能会被另一猴群接纳成为老二或老三；如果它长得够强壮，又够有“种”，它可能向另一猴群的猴王挑战。赢了，它就成为猴王；失败了，它可能伤痕累累，甚至因而死亡。如果侥幸不死，它得继续过流浪生活，或者沦为偷妻贼或者明年再向猴王挑战。

猴王同时拥有好几个妻妾，而雌猴一生中也会跟好几只猴王交尾生子。灵长目可说是天生的多夫、多妻，本性上是“风流”的，而风流正是延续种族所需。人类也是这样，只不过人类在文明进步中发展出了一夫一妻制。一夫一妻制完全是文明的产物。今天仍然有许多民族行一夫多妻、一妻多夫或者多夫多妻制。

在我发表台湾猕猴的故事时，有一位妇女解放运动的朋友看到我的报道，打电话来训我，责怪我以猕猴的一夫多妻制来替人类的大男人沙文主义找借口。后来我告诉他，猴王在位的时间不会很久，就会被更年轻更雄壮的公猴打败，新猴王来了之后，他会把所有原来猴王的妻妾接收过来，所以一只母猴子，一辈子大概可以嫁五至六个年轻又英俊的公猴。这位朋友听了之后才答说："这才差不多！"并且不再骂我。

在大自然中，生存是一项严苛的考验，只有最坚强的生物才能通过考验而存活，并繁衍子孙。造就猴王与多妻的方式正是使最强壮、最勇敢、最机灵的公猴能将优点遗传给猴群，保证猴群的后代有优良的血统，以通过大自然的生存竞争并延续种族。

优胜劣汰是残酷的现象，但这却是大自然中生存的法则。人类依赖文明突破了这一法则，但在民族与民族间仍然充满这种现象。我们也可以从人类身上找到这种本性。

我曾在森林里发现一只公猴的遗骸，从犬齿看起来还很年轻。我猜它可能是打擂台落败，受伤过重而死。这也算是死得其所！这种勇敢的死法，总比被人烹来吃掉，或死在实验手术台上，或被人用铁链锁上一辈子来得痛快与光荣。

这些成长中的猕猴，有时也会玩交尾的游戏，这当然是模仿猴王的动作。

上图 大圣的养子顽皮猴逐渐长大，也感受到性的需求了，它坐在树上还用两只手自慰。

下图 少年顽皮猴的性冲动惹恼了大圣。终于在一阵追打教训后，被赶出了家门。

猕猴家族的一天

昼行性的动物大多早睡早起，台湾猕猴也是永不迟起的“早觉会员”。

天际微微发白，猕猴群已蠢蠢欲动。这时树林里仍然相当昏暗，但猕猴歇栖过夜的树枝不时传来摇动的声响，偶尔还间杂着一两声幼猴的尖叫。等到我的眼睛能看清树上的情景时，猕猴都快吃毕早餐。在夏天，此时尚未清晨五点，而在冬天，则近六点了。

猕猴早起固然是因为早睡，但饥饿也是原因之一。它们的晚餐通常都是不怎么耐饱的树叶和野果，晚上又没有夜宵。这正如过午不食的和尚，清晨两三点钟就得起床用餐了。饥肠辘辘是无法贪睡的。

初阳升起时，猴群早已食饱，脸下两侧颊囊鼓鼓地贮满了食物。它们纷纷坐在树枝间社交、游戏，或者从颊囊中推挤食物进入口中细细咀嚼品尝。

炎热的夏季里，太阳升得高一点后，猴群的活动就转入比较阴凉的矮枝上，哺乳、理毛或玩耍。幼猴则在母亲怀里钻进钻出，偶尔离开母亲几米去做一趟“探险”，稍有动静立刻冲回母

台湾猕猴是永不迟起的“早觉会员”，天才微亮，我已听到它们采食早餐发出的声音，等天色大亮，已到了它们餐后甜点的时间了。

亲怀里。有时母猴觉得有危险或幼猴离得太远，也会伸手把幼猴抓回怀里。

猴群中有一只大约三岁左右的雌猴，时常跟在大妈的身边，帮忙照顾小猴，原来它正在学习如何做母亲。这种学习的机会，是小猴成长过程中非常重要的事。

曾有科学家实验发现，单独长大的雌猴，因为不曾学习做母亲，往往不知如何授乳或清理幼猴的皮毛。尤其生产第一胎时，情形格外严重，常导致幼猴死亡。由此可知，做母亲必须经过充分的学习，但是当今同属灵长目的人类，却有越来越多的未成年妈妈。

随着太阳愈升愈高，猕猴的活动越来越少。成猴大都在打盹养神，只有一两岁的顽皮猴仍然精力过人地玩耍，在树枝间追逐拉扯。有时它们玩得过火，也会玩出火气来，那时就会有一方尖叫着逃走，但才过几秒钟，追逐的游戏又重新开始。

孤僻的大圣此时总在离猴群几棵树远的枝丫上小睡，每隔几分钟就换一个姿势。有一次我打它附近走过，大圣懒洋洋地侧侧身，然后转脸瞧了我一眼。我对它做了几下唇动，它就满意地别过脸继续“见周公”去了。当时我距离它不过三四米，它没有凶我，可真是我的一项殊荣!

在上午这段休息期间，它们偶尔采食身旁的果实充当点心，只有那玩饿了的小顽皮猴会爬到高枝上去采食一番。

到了近午时分猴群会小食一阵，也算是简便的午餐了。

每年从十月到次年的三月，气温较低之际，猕猴会把休闲活动搬到大苦楝树上及附近几株相近的大树上。这些树的后面有一座隆起的珊瑚礁岩丘，挡住了凛冽的东北季风，而枯死的苦楝树上又有充足的阳光来温暖它们。大圣常常在横干上仰躺、侧睡或俯卧。这时我真能体会到什么是“舒服”，什么是“冬天的太阳”，为什么会有“野人献曝”了。

下午两点左右，这群猕猴要去午餐了。它们好像事先经过商量似的，先后朝一个方向顺序前进，通常由一只母猴领头，小顽皮猴殿后。午餐的地点几乎每天不同，除非当时森林中只有少数一两棵树有成熟的果实，它们才会连续两三天在同一地点进食。

午餐后，它们在就食地点附近休息，一直到下午五点左右，才开始进食晚餐。这一餐吃得最多最久，颊囊总是装得鼓鼓的。

晚餐后，它们聚在一起从事家庭聚会。夏天是在迎风凉快的珊瑚瞧上，冬季则在西晒的大苦楝树上，往往三四只聚成一堆，甚至抱在一起相互理毛，度过温馨而又快乐的黄昏。

在冬季刮着寒风的日子里，太阳一下山，猴群就会离开大树回去过夜。它们好像收到什么通知一般，突然纷纷离开大树，往树后的珊瑚礁岩走去，那是它们最常过夜的地方。

在酷热的夏季，他们会逗留得很晚。几个月明的夜晚，我看见它们坐在大树上乘凉，一直到八点多才离去。

月夜下，隔着一小片浸满月光的森林，与一群台湾猕猴对坐，那真是我人生中美妙、充实而又快乐的时光。心中那股与大自然合而为一的喜悦，实非笔墨所能形容。

左页图 中午是猕猴午睡的时间，天热时是在多荫的枝间，天凉时则在大树干上。

本页图 一天快结束了，猴群从远处觅食的地方回来，通常大圣总是走在前面瞭望。

上图 在寒冷的冬天，如果是阴天，小猴子在休息时，彼此要好的会互相偎依着取暖。

左图 在落日红光中，彼此理毛社交，是一天中最愉快的温馨时光。

多彩多姿的森林

这大片森林的特质跟台湾其他的森林相当不同，它是属于热带珊瑚礁季风林，因为受到强烈东北季风（在恒春又称落山风）的影响，森林的树木长得不高，只有在有珊瑚礁突岩遮挡季风的地方，森林可以长得与珊瑚礁岩齐高或略高一点，又因为秋冬干旱，所以枝干上附生植物极少。但这里树木的种类却极多，有些树种还会形成气生根、板根，林内还有众多的巨大藤本植物纠结、攀升。此外，尚有许多干生花的树种也是这片森林的特色。

这片林野让我最喜欢的，是它受到季节季风干湿冷热的变化而呈现出丰富的生态景观。从许多草木的开花、结果，叶片的变色、黄落或新芽的抽长，我可以判断出时序，也可辨认出树的种类来。就让我从一月说起吧！

一月的落山风刮起来可一点也不输给台风，常常是在十级左右。虽然风大，但在珊瑚礁谷地里却是微风阵阵，阳光时隐时现，蔓爬在灌木、珊瑚礁上的浆果苋，串串的果实已熟得鲜红欲滴了，而恒春山枇杷也把它的小白花开到了鼎盛，虽然我在十二月中下旬就看到它们先先后后在礁崖上绽放，但总在一月开到最满。

还有一种很特别的植物也开花了，它的名字叫琉球蛇菰，是

三月里，热带季风林中许多树木开花了，其中最让人喜欢的是森林中央的一棵大苦楝树，淡紫色的花朵非常耐人寻味。

在热带季风林里，有些树种会形成气生根、板根，还有许多巨大的藤本植物彼此纠结着。

垦丁的中央台地是珊瑚礁隆起所形成的，其上的植被受落山风以及珊瑚礁地质、地形的影响，通常迎风面只有攀藤或小灌木生长，背风面则树木成林，但因为受“风剪”作用，高度不会超出珊瑚礁岩丘多少。

恒春山枇杷是台湾特有种，主要分布在恒春半岛。它早春开花，五月成熟，其树形十分优美。

大型的木质藤本像巨蟒一般，在森林中弯曲攀爬。

琉球蛇菰寄生在黄心柿的树根上，通常隐而不见，只有在冬季开花期，才长出黄色的花絮而伸出地面。这种寄生植物目前只在恒春半岛被发现。

一种寄生在树木根部的高等植物。现在，它从土中冒出专为开花而长的球状花茎。十二月一到，它们就纷纷冒出一个个淡黄色如野菇的球状物，然后日渐长大。到了一月，它们陆续从侧面伸出花丝，释出花药，然后在二月下旬慢慢消失。

这种稀有的寄生植物过去多年只在恒春的关山被人发现，一九八八年十二月我在这森林里发现了几十棵，到了一九九二年的一月已扩散成几百棵，而一九九六年一月已繁殖成近千棵了。这也是第一次在这片森林新发现这种植物。

后来我进一步观察，发现它只寄生在柿科植物黄心柿的根上，我从琉球蛇菰开花的情形可以判断出季节与月份。

当然，此时森林里的少数几棵榄仁树也会用叶片的颜色来告诉我月份，它们在十二月开始转红，到了一月就红得如火如荼，而它树底下的落叶也日渐增多。最后是一叶不留，如枯如槁。

二月的落山风已不如一月的强劲寒冷，刮风的时间也变短了，森林悄悄地酝酿着变化。榄仁树最是忍不住，在寒风中从枯枝上迸出了嫩绿的小叶片，好像花朵一般。恒春厚壳树也绽开了雪白的小花，而山素英的白花在珊瑚礁岩上光芒四射。

二月的森林在表面上看起来与一月并无多少差别，但我嗅得出来，它正在隐隐地发酵着，变化着……

三月，是这片森林最可爱的季节。风向变了，风轻柔了、温暖了，风中带着草木新生的气息，黄心柿的果实熟了，黄橙橙地在林中招摇，只有缺少经验的小猴子们会受骗前去试吃。当然它们失望了，这是一种中看不中吃的野果，还带点毒性。

大叶雀榕的叶片落光了，露出了众多直挺挺的枝条，枝条上的榕果显露出来，也到了成熟的时候，猕猴、赤腹松鼠、五色鸟、赤腹鸫、红嘴黑鹎、乌头翁、树鹊、棕耳鹎都来了。这是春天的飨

上图　大叶雀榕的叶片落光了，露出直挺挺的枝条、尖尖的芽苞，以及粒粒成熟中的果实，引来五色鸟啄食。

左图　大叶雀榕摆了盛大的流水席，大饕客赤腹松鼠当然不会缺席。

山素英是一种藤性木本植物，为台湾特有种，花朵如放出光芒，十分耀眼。

无患子的果肉含有丰富的皂素，是很好的天然肥皂，往昔是民间用来洗涤衣物的清洁剂。

咬人狗是一种乔木，它的叶片背面长有焮毛，碰触到皮肤会令人刺痛难受，但它的果实却甜软可食，是猕猴的食物之一。

黄心柿的果实成熟时是黄橙色。这是一种中看不中吃的野果，还带点毒性。

疏花鱼藤是一种有毒植物，它常爬到大树上去抢阳光，并在那里开出繁多的花朵。

猿尾藤是珊瑚礁海岸的藤本植物，属于黄褥花科。

秋风一起，台湾栾树就开出金黄色的细花，结果则转为红色。它的树叶很像苦楝树，所以又名苦楝舅。

鸡肉丝菇是菇类中的极品，偶尔会在西北雨后的树林中出现，因为菌丝的生长与白蚁巢息息相关，至今仍无法进行人工栽种。

宴，森林的原住民都来赴宴，而且是流水席。有一天清晨，我看见八只赤腹松鼠同时在那里大吃大喝，然后是十只猕猴接下去……

与大叶雀榕同时落叶的尚有雀榕，它们刚落尽叶片，枝丫顶端的芽苞已开始拼命鼓胀，不过几天，整棵大树充满了千千万万淡青、嫩黄的芽苞，远处望去，好似正蒸腾着烟霭。

这些芽苞正是台湾猕猴嗜吃的食物，在此期间它们往往天刚刚亮就已来到雀榕树上，而这时节也正是母猴分娩的季节。好几次我看见母猴抱着那天凌晨刚刚出生的E.T.猴在雀榕树上进食芽苞。

三月里，有好几种可爱的树都开花了，像绽放淡青色的茄苳树、开米白色花的白鸡油、开淡黄色的无患子、淡紫色的苦楝树，尤以后者最为我喜欢，是一种美丽的乡土树木，过去在平野地区最是常见，但近一二十年来几已消失殆尽，只有在东部的林野或西部的低海拔僻野的地区才能见到。但它在这片森林中，却是以巨木之姿出现，当它浑身是花之际，也正是春意最浓的时候了。

四月，是各种春树新叶绽放亮丽的季节。油亮的雀榕叶片，嫩青的苦楝新叶，青翠的茄苳、翠亮的铁色幼叶，使得森林一片青葱、生机盎然。疏花鱼藤爬到雀榕新绿的枝叶间，涌出粉白的团团小花；树青也悄悄从小花间放出那略带尿骚的气味；猿尾藤在礁崖上吐着模样奇妙的花朵；过山香的小花也撒着特殊的香气，把四月的暖风，搅和得稠稠的、浓浓的，让所有有鼻子的动物都微微发醉，醺醺然，深信这世界一切都是美好的，没有令人愁恼的事物……

四月是我在森林接见访客的季节。此时，我常和到森林来找我的朋友坐在礁石顶上，吹着懒洋洋的风，吸着略带迷幻的气息，邀请他们共度一个连亿万富翁也无法享受的悠闲春日。如果访客是熟悉大自然的朋友，我们会靠耳朵来赏鸟、辨认鸟种，也

森林是各种野菇的家园，各种奇奇怪怪的菇类总像摆地摊的人，一会儿由这里冒出来，一会儿又消失无踪。这种卷毛杯座孢菌，美得让人想起“葡萄美酒夜光杯”。

受到珊瑚礁地质与地形的影响，茄苳树干的基部膨大得好像盆景。

会用鼻子去了解是哪一种树木春情难忍，正在释放香气……

四月也是我最懒散的季节，春光太美，我会犒赏自己过去的辛苦而尽情享受。春雨洒落，我又找到偷懒的借口而躲入珊瑚礁岩下聆听春雨打在姑婆芋大叶片上的淅沥声……

有时候猕猴群来到距我不过几米的地方瞪我，完全一副老师监督学生的眼光。不过，它们也跟我差不多，只有在肚子空空时才勤劳一点。有一天下午，我看见大圣独自在大苦楝树横干上休憩，先是靠着树干打盹，不久它用脸侧靠在树干上睡，过一会儿它又趴在横干上，最后是仰头大睡。

五月的森林因为四月的几场春雨滋润而碧绿。月桃盛开了，葛藤也举起紫红色的花束，然后梅雨落下了，把六月的森林弄得氤氲深沉，林中散发着落叶枯枝湿腐的霉味，各种野蕈子这里那里地出现，有的像小伞，有的像瓦片，有的像月光杯……

溽暑七月，阳光灼人，森林里湿闷难熬，红柴的熟果红得发亮，大叶山榄的果实也可以吃了，猕猴群时常在山榄的树上流连进食榄果，我也试吃过，微有甘涩，但尚可入口。

一天我在珊瑚礁崖顶发现几株野百合开花了，白色的花朵在沉绿的森林上开放，显得分外耀眼，喇叭形的花朵好像正向着森林广播什么福音似的。

七月的西北雨以及有时掠过的台风雨，催促着毛柿的果实成熟。我常在森林里捡到熟落而透红的毛柿果，和猕猴分享着这美味滋甜的野果。

我也在雨后采过鸡肉丝菇，这是野味中的极品，鲜美清醇，鸡肉是无法与它相提并论的。它们常成堆或成簇地生长，我总是摘采半数，留下一半给大自然其他的生物，或让其可以产生孢子繁殖。鸡肉丝菇是少数几种无法人工栽殖的菇类，也更显得其珍贵不凡。

溽暑七月，野百合在礁崖顶上奋力开放，喇叭形的花朵好像正在播放着美好的天籁。

红柴是热带珊瑚礁海岸植物，耐风、耐旱，木质坚硬。其种子在盛夏红熟，是鸟雀的食物。

九月的燠热，在森林中的几株台湾栾树开出金色的花束后有了些转变，风向悄悄地转了，阳光虽然还是炙人，但风中隐隐可以感觉到丝丝的凉爽，茄苳的熟果实挂满一树，铁色的小果也由黄转红。我原认为茄苳果是猕猴爱吃的食物，但它们却吃得极少，反而在十一二月时，它们会捡拾仍吊在枝头或掉落横干上的已干瘪的残余果粒。我曾尝过，的确要比新鲜的甜并且少了涩味。

九月是森林野鸟最多最热闹的季节，留鸟、候鸟都在这里“赶集”，我也常利用这时节拍摄各种林鸟的镜头。

九月中旬起，落山风开始慢慢影响着森林，林中逐渐变得干爽宜人，我也因不必再睡令我弯腰驼背的吊床而筋骨得以舒展。

赤腹鹰成群过境森林上空时，苦楝树的果实已饱满转色。灰面鹫来时，苦楝叶变色了，咬人狗的果实也熟得剔透可口了。

每当我闻到阵阵浓得令人掩鼻的臭味随风扑来时，就知道十一月已经降临，正是大叶山榄开花了，释出有如蝙蝠洞中的强烈尿骚味。接着鲁花树也开满一树小花。这时，最美的反而是鹅掌蘗黄澄澄的累累果实，只有饿坏了的少年猴会来勉为其难地采摘这种并不好吃的野果充饥。

当白鸡油落尽叶片，露出它白森森的枝条时，大概十一月也就过去了，苦楝、台湾栾树也褪尽叶片，茄苳叶也微微泛红并开始凋落，九芎叶也转黄变红地飘零。森林地面因树种不同而覆盖着不同的落叶。林中的树隙加宽了，阳光也可以洒落到树下的灌木矮草上。这时鹅銮鼻景天则在干燥的礁岩崖壁上怒放着金色的花朵，这恒春半岛的特有植物正透露着一年将尽的消息。当我再看到琉球蛇菰的淡黄色花茎成群地从黄心柿的根上涌出地面时，我知道森林一年的轮转到底了，我正好踩着沙沙作响的落叶，走出这片季风林去迎接新年的降临。

初冬一至，鹅掌蘖的果实串串橙黄，在山林中显得极为出色。

毛柿是一种珍贵的树木，其心材变黑者即是所谓的黑硬木，是制造高级工艺品的材料。毛柿的果实红熟时甜美可口。

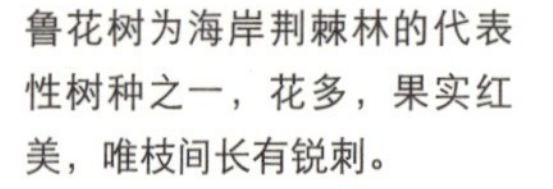

鲁花树为海岸荆棘林的代表性树种之一，花多，果实红美，唯枝间长有锐刺。

落尽叶片的白鸡油木，露出白森森的枝干，有如枯死一般。

右页图 时序转入十二月，森林里的许多落叶树种的叶片落得差不多了。落叶逐日增加，表示一年要到尾声了。

鹅銮鼻景天是恒春半岛的特有植物，长在珊瑚礁岩壁或岩顶上，耐旱又抗风。当它开花时，就意味着新年到了。

森林里的榄仁树，绝不会吝于涂上
或朱或红的颜色。

森林中的野生动物

居住在大圣所辖这片森林的动物非常多，有些是生于斯长于斯的永久居民，有些是每年来这里过冬的，更多的只是在这里歇歇脚、打打尖就走了的旅客。

我初到森林，还常觉得孤单寂寞。但渐渐地发现，原来有如此众多的森林居民！它们都是最好的邻居，从不烦我，也不会抱怨，还常送来美妙的乐音，解除我心中的一点点寂寞。

赤腹松鼠是这片森林中常见的动物。它的生活方式跟台湾猕猴有些类似，例如所吃的食物大同小异，多数时间在树上活动，也各有各的小领域。

每年秋冬之际是母松鼠发情的季节，这时雄松鼠常常发出一长串如急促敲门般的吠声。这是它宣告地盘的号角，警告着“外公鼠”不得擅自闯入；另一方面也展现它雄性的魅力，吸引母鼠“情不自禁”地来配对。

我借着它们的吠声，推算这小片森林里大约住有九户松鼠。这样的鼠口算是低的了，我原本认为这片森林食物如此丰富，应该有更多松鼠才对。我曾在台湾中高海拔的人造林里发现松鼠常常把树木的树皮吃掉，造成大片林木枯死。食物不丰富的人造林

被猛禽猎食后丢弃的赤腹松鼠残骸。

正在采食白榕果实的台湾赤腹松鼠。

里松鼠不少，而这片食物丰富的原始林却不多，而且也未见过树皮被松鼠吃食的情形，这也是生态平衡的例子吧。

这片原始林树种繁多，一年到头都有不同的美味果实，松鼠从不缺少食物，不必吃树皮充饥。但是在种植单一树种的人造林里，除了极短的果实成熟期以外，就没有其他食物了。松鼠为了生存被迫啃食树皮，结果造成人造林大片死亡。

人造林中由于生态被人破坏，其他生物无法生存，导致许多松鼠的天敌如鹰、枭、黄鼠狼、石虎、蛇等大量减少。松鼠没有天敌的抑制，故而使人造林受害更严重。

反观这片原始林中，我见到许多蛇类、大冠鹫、凤头苍鹰、角枭。每年春秋两季成千上万的赤腹鹰、灰面鹫过境此地，这些天敌抑制了松鼠的过度繁衍。

由松鼠的例子，可知自以为聪明，自以为人定胜天的人类，一心想征服大自然、控制大自然，最后总是得不偿失。这不是值得我们反省与深思吗？

赤腹松鼠是机灵可爱的小动物，我很难接近它，除非它来接近我。当它在林中交错的树枝上，拖着蓬松的大尾巴像箭一样飞蹿时，总令我想起“一溜烟”这个词。

森林里住着好几群会飞的夜行性哺乳类——蝙蝠。我见过的有三种：大蹄鼻蝠、小蹄鼻蝠以及渡濑氏鼯蝠。它们都住在石灰岩洞里，例如猕猴过夜的岩洞边有一道很深的大裂缝，里头就住有二十几只大蹄鼻蝠。

在我往森林深处漫游时，也常会经过一个栖息着成千上万小蹄鼻蝠的洞穴，这个洞穴口非常狭窄而深，在其瓶颈的地方随时都盘踞着好几条又肥又大的龟壳花。它们一方面捕食那些因为老或病而飞行缓慢的蝙蝠，一方面也负有保卫洞穴的责任。每次我

上图　珊瑚岩洞中栖息着大群的蹄鼻蝠。

右图　珊瑚岩壁上的龟壳花正在行日光浴，它总是一副懒洋洋的样子。

非进洞不可时，都要与龟壳花商量半天。

森林里的黄昏暗得特别快，但只要朝天空看去，就会发觉蝙蝠无声无息地增加着。我曾好多次看见它们在黑夜中追着哇哇大叫的蝉飞过我头上，接着一口咬上，随即降落树枝间，然后蝉声就渐竭渐息。

森林里最会制造声音的动物是鸟类。它们中有的是歌手，有的却是长舌妇，其中最“出声”的要算是红嘴黑鹎和乌头翁了。

这两种鸟大部分时间各自结成两大社群。尤其是红嘴黑鹎，经常就在那棵枯干的大苦楝树上吵架、辩论，甚至追打。只要它们一闹起来，整个森林就变成了菜市场。

每年四月以降，这些红嘴黑鹎们纷纷成双成对地分开了，各自在森林中建立“爱之巢”。此时，森林里没有它们聒噪的声音，反而显得有些沉寂。

在这期间，我偶尔看到了珍稀的黄鹂从我眼前一闪而过，那金光一闪的感觉真美。我好几次想留下它亮丽的倩影，始终得不到一张好照片。但我知道，这大片森林中，住有这么一位稀客。这个美丽又孤单的鸟儿，在五月以后，就没有再见到过。我希望它能找到另一半，再来这里定居。这片森林少了那灿烂的金黄飞羽，实在会大大失色。

垦丁的暑热降临得特别早，梅雨一停森林就闷热难熬，这时我常见到红嘴黑鹎和乌头翁叼着青虫飞进飞出，我知道它们已经有了永远吃不饱的“黄口小儿”。

七月前后，我看见了初学飞翔的幼鸟。有时这些雏羽仍未脱尽的小家伙飞到我的附近，那急坏了的双亲就会频频发出“伊！呀！”“伊！呀！”的呼唤声。那鸣声有些凄凉，又有些乡愁的韵味。

红嘴黑鹎在入秋之后就聚集成群，它们在一起追逐吵架，简直变成了森林中流动的菜市场。

稀有的黄鹂在我眼前“金光一闪”，划过森林。

到了九月，红嘴黑鹎又开始聚成“市”，一天比一天热闹起来。我去年数过它们共有二十二只，今年九月底变成三十一只，但到了十一月底只剩下十八只。不知是迁徙了呢，还是遭到什么不测？

乌头翁跟红嘴黑鹎同属鹎科，聒噪程度也不逊色，习性也大同小异。这片林里住有十几只，有时合为一群，有时分为两三群。我始终没有搞清楚它们一共有几只，因为我发现鸟数常有变化。

乌头翁是台湾特有种，它与白头翁的差别只有头顶上那一点“黑白”之分而已。有趣的是，这“黑白两道”各自住在自己的地盘里。在台湾地图上，将屏东枫港与花莲太鲁阁连上一条线，这条线大致是黑白两道的分界线。线以东是乌头翁的势力范围，以西归白头翁，彼此河水不犯井水。

当然在交界线上难免有异族通婚的现象，所以偶尔见到“杂头翁”也就不足为奇了。不过生态摄影家钟荣峰在太鲁阁发现了一个奇怪的现象，就是黑白通婚者大都是雄乌头翁配雌白头翁，原因不明。在我看来道理很简单，这是汉人政治最为出“色”的手段——和亲。这使得中国边境得到不少平安的岁月，而这黑白两道也不过是历史重演罢了！

红嘴黑鹎固然嘈杂，但比起大嗓门的树鹊，它们就显得轻声细语了。这片森林里有两对树鹊，幸好它们的活动范围很广，不然还真不好消受，那破锣般的叫声足可“绕林三日”。有时它在靠近大苦楝树旁的雀榕树上鸣叫，常把在树上打盹的大圣吓一跳。大圣往往会对那敲锣者怒瞪一眼，然后又无可奈何地往树干一瘫，继续梦周公去了。

竹鸡也是“大声公”，所幸它很少嚷叫，但一叫起来可就惊天动地。它们夫妻住在那片废耕地的灌木丛里，有时我打小路走过，它们突然从我脚边奔蹿或飞起，常把我吓一跳。

有时我静静坐在树下等猕猴回来，竹鸡却不知不觉地走近来觅食，这时我就有机会观察它们。但是森林里的小流氓——蚊子，总是会趁机揩“血”。最后，我忍无可忍只好打自己一下。当然我也打到蚊子了，但这一动作总把竹鸡夫妇惊吓得落荒而逃，连我要向它们道歉都来不及。

五色鸟是这些森林居民中最漂亮的少数民族。它们的鸣声很特别，有些像敲木鱼的声音，有人戏称它是“花和尚”。这片森林里我只发现两个巢穴。其中一只于六月中旬，在大苦楝树旁侧树干上凿了一个洞做窝。八月里，我看见一只快长大的五色鸟雏鸟常常从树洞中探出头来东张西望，甚为有趣。

一年中，森林最热闹的季节是从九月开始。红嘴黑鹎、乌头翁刚聚集成群，红尾伯劳、蓝矶鸫也相继千里迢迢从北方涌到。

红尾伯劳到达的第一件事就是占地盘。它们各自占领一个觅食的小领域，不准其他的伯劳越雷池一步，时时为了疆界吵嘴或打架。等到疆界划定以后，就各自站在领土的最高处，时时发出嘎嘎嘎的警告声。同时注视着底下各种昆虫的活动，只要一有虫迹就立刻俯冲而下，叼住它的猎物。也许一口就吞下，也许衔回它的宝座上慢慢享受。

它这种爱站高处的习惯，却给它带来致命的灾难。几十年来，枫港、恒春、垦丁一带的人们，每当红尾伯劳来时，便在平野上设立一种突起的鸟仔踏陷阱。红尾伯劳往往飞到这较高突的鸟仔踏来站立，巧妙的机关立刻套住它的脚，就这样成为枫港路边商贩出售的烤鸟。

不过，这片森林内的红尾伯劳却是幸运的。它们生活在树林

小弯嘴画眉模样很像漫画书上的小盗，歌声却是一流的，常成群在树荫下、灌木丛里活动。

蓝矶鸫总在岩丘顶、屋脊、枯树顶唱高亢婉转又嘹亮的歌声，素有“屋顶上的提琴手”的雅誉。

乌头翁是垦丁最常见的野鸟，为台湾特有种。

棕耳鹎主要生活在兰屿，垦丁是台湾本岛偶尔可见其芳踪的地方。

凤头苍鹰是森林里的杀手，也是林间飞行的高手，偶尔才会在蓝天上盘旋，它腰部两边的白色羽毛是它的独家标志。

红嘴黑鹎的头羽好像被水打湿而黏结成一束一束。

竹鸡总在林荫间灌木丛下悄悄步行，偶尔它忽然鸣叫，声量奇大，往往会吓人一跳。

树鹊是森林里的“老大”，如有外来鸟入侵，它会立刻三五成群前往干涉。

的顶层，没有人打扰也没有鸟仔踏，昆虫又多，它们一只只长得羽毛鲜亮。

我估计，森林内的红尾伯劳大约每只占据五六十平方米大小，所以这片森林中至少也有好几百只红尾伯劳。这些红尾伯劳在十一月份以后相继离去。到哪里去？至今没有人确切知晓。

与红尾伯劳一起来的蓝矶鸫，它们也是一到就抢占地盘，通常地盘相当大。其中有一只雄蓝矶鸫占领了废耕地，它经常站在珊瑚礁突起的丘顶上俯视它的王国，并常发出嘹亮激情的鸣声。

在平地，蓝矶鸫最常出现在屋脊角上，所以客家人呼它为屋角鸟。它那如小提琴般悠扬高亢的鸣声，博得了鸟类摄影家刘川的赞扬，称它为“屋顶上的提琴手”。

蓝矶鸫在这林中的废耕地上为大自然歌唱，一直到次年四月它北返为止，它的歌声曾陪我度过不少寂静的时光。

今年这只蓝矶鸫没有再来，是不是它的大限已到？还是它另外找到了更好的地方？没有它的小提琴声，森林变得沉寂不少，我也觉得有点寂寞了。

如果说蓝矶鸫是提琴手，那么小弯嘴画眉就可算是林中的歌手。它们婉转又多变化的鸣声，常使我把它比成天籁。它们也在九月里成群出现，有时整群聚在交叉的树枝上，发出低而急促的咕咕声，好像党人在开会似的。它们常在林荫下或灌丛间活动，因此大多时间只闻其声而难见其影。看见它最清楚的一次是在一个风和日丽的五月天，一只初学飞的雏鸟飞落我附近，大概太累了，抓着一根枝条不肯再飞，心急的双亲就在它旁边急声催促。可是幼雏始终不愿展翅，最后是我离开，以安大鸟的心。

九月中旬第一波东北季风吹到，垦丁地区刮起首次的落山风，这时从北方南迁的鹰鹫出现了。最先到达的是赤腹鹰，它们

红尾伯劳过境期间，许多就停留在森林顶上，各自就几棵树作临时觅食的场所。

十月里，灰面鹫过境垦丁时，偶尔会落在大苦楝树梢上做相当短暂的休息，往往只是几分钟而已。

一只过境垦丁的赤腹鹰就歇在大苦楝树上，顿时引起猕猴的注意，
但它们并没有摇树示威。大概是赤腹鹰体形小，没有任何威胁。

一群一群飞来，然后在恒春半鸟歇脚、打尖。其中有一只就歇在大苦楝树上，它每隔片刻就沿着废耕地四周低飞一圈，有时俯冲而下，我看过它捕过大蝗、小鼠、小蛇和一只小鹌鹑。

赤腹鹰在垦丁停留不久，短则一两天，长也不过三五天。它们在这里休息、进食，等体力恢复后再乘风南飞到亚洲热带去。一直要到来年三、四月，它们北返途中再路过此地。

赤腹鹰成千成千地来到又飞走。到了九月底十月初，灰面鹫开始出现，并逐日增多，通常十月十日左右是灰面鹫到达的高峰期。它们常常在黄昏中成千成百地盘旋在满洲乡的山谷上空，蔚为奇观。

灰面鹫过境期间，正是落山风刮得很紧的时候。我常在下午茶的时间，看见大批灰面鹫从森林上空掠过，偶尔会有疲惫不堪的旅客降到那棵大苦楝树上歇息，但时间都很短暂，最长不过一刻钟。

相对于鸟类的热闹，森林中住有一族沉默的居民，它们是蛇类。跟我打过照面的有赤尾鲐、龟壳花、茶斑蛇、过山刀、臭青公、锦蛇、青蛇以及大头蛇。其中有一条赤尾鲐在整个溽夏，常埋伏在我拍摄点附近的姑婆芋叶柄上，静静地等候猎物靠近。另有一条龟壳花，整个冬季一直住在背风的珊瑚礁岩穴中。每当晴朗的下午，它常瘫成一堆，好像落叶或干藤一般，在岩壁上享受冬天温暖的太阳。有好几次，我打它身旁走过，它理都不理我。有时候我心血来潮，想试试许久不曾开过的金口，并表现出灵长目的礼貌和热情，向它大声寒暄，只换来几下懒散、不热情的回答——向我吐吐舌头，然后又继续它的日光浴。

我在森林里还遇见过森林中最害羞的居民——食蛇龟。它们一看见我，不是立刻钻进草丛或落叶堆中，就干脆缩起头脚来个眼不见为净。我通常会为自己造成对它的骚扰而道歉，如果身上带有香蕉还会留下一小节给它，但它也不是常领情。

这个素食为主的小动物，竟然被人类称为食蛇龟。我想大概就是这个原因，害它笑掉了大牙，而成为“无齿”之徒了。

森林的另一边还有一片废耕地，那里有一片小沼泽，住着几只白颌树蛙。它们常在夏日的黄昏鸣叫，很像一串响亮又急促的敲门声。

有时晚上下起阵雨，这是垦丁森林特有的地形雨，我在帐篷里，整夜都听见雄小雨蛙热情的鸣声。它使我落入童年的梦里，这种雨后的歌声，如今已绝响于田园了。

我常在夏天夜雨停歇后，去拜访第一废耕地小涧溢成的湿地里的小雨蛙，让自己浸入四面八方的蛙鸣中，享受森林无边寂静中的热闹。有时众小雨蛙合唱声中会插入几声泽蛙的鸣叫，变得格外好听。有一次，竟然插入两声虎皮蛙洪亮低沉的鸣声，那音效让我感动不已。

上图 泽蛙是台湾田野里数量最多的蛙类，春夜众蛙群鸣时，有如潮声一般。虽然是常见的蛙类，但一般人对它却相当不了解。

下图 小雨蛙属于狭口蛙类，是台湾最小型的蛙，但其鸣声却遥遥可闻。

虎皮蛙又名田鸡，闽南人称它为“水鸡”，是台湾原生种蛙类中最大型者，目前已经非常稀有了。

保守与进步

灵长类的特性之一是好奇心很重，这种好奇心随着年龄的增加而逐渐递减。台湾猕猴也不例外，最具好奇心的是一至四岁的小猴，也就是半大不小的顽皮猴。这个阶段换算成人类的年龄，大概是四至十三四岁左右吧！

起初我接触这群台湾猕猴时，大圣虽然不很欢迎甚至恐吓我，但很少主动靠近我，到我前面来示威、侦察或驱我出境。它总是远远地对我摇摇树，摆摆它那“大王”的姿态。即使有几次，它的宠妾来到我拍摄地点附近进食，大圣虽然板着不悦的脸孔，冷冷地朝我这边投来生气的眼光，但也不曾走过来“护花”。

猴王不曾靠近我，倒是一只约二至三岁大的毛猴子，常常到我立足的附近来探个究竟。它总是躲在枝干间探头探脑，完全一副小侦探的模样。如果我也对它做出相同的探头举动，它往往会后退几步，然后又重新探头探脑一番。

有时它单独来看我，有时会偕一只比它大一点的顽皮猴一起来。这两只顽皮猴好奇心很重，什么东西都要抓抓看、咬咬看。它们玩心很重，几乎整天都在追追跑跑、打打闹闹，时常逗其他

少年猴子最具好奇心，率先玩新花样的总是它们。

的猴子来追逐玩耍。有时玩疯了，忘了身份惹到高高在上的独裁者，换来一顿教训并尖叫着逃走。

有一天，发生了一件非常有趣的事。在大苦楝树前面有片荒废的农垦地，长满了灌木、杂草和葛藤，其中有两棵芭乐树。去年，芭乐树的果实成熟后，却是任其掉落地上，不见猕猴来采食。但今年九月，当芭乐又快熟时，一天下午，猴子来到这附近采食榕树子和山葛的叶子，忽然一只顽皮猴下了大树，经过灌木，爬上了芭乐树。它在树上犹豫了一会儿，就开始摘取芭乐。它咬了一口，再注视手上的果实一会儿，又再咬一口，再瞧一会儿。它一共咬了三口就将它丢弃，然后又采一个。就这样，它每采一个咬几口就丢了，然后再采一个……

母猴在大树上发现顽皮猴离开猴群到独立的树上，便断断续续发出如轻歌般的呼唤声。顽皮猴并没有理它，直到颊囊装满了芭乐才回到母亲身边。

第二天早上，我发现这只顽皮猴又来采食芭乐。第三天，有另外两只顽皮猴跟着来到芭乐树。第四天，第一只上芭乐树的小猴子的母亲也来了。它迟疑许久才开始试吃芭乐。第五天又来了两只母猴，但那只最老的母猴和大圣始终没有尝过芭乐的滋味。

这现象显示，越年轻的猕猴对新的事物越好奇，也敢于尝试，年纪越大、地位越高则越保守，越安于现状。这与科学家在研究日本猕猴时发现的相同。

那是一九五二年，一群研究动物行为的科学家，观察生长在日本本州南方小岛上的野生日本猕猴。这群野猴野性十足而又羞怯惧生。为了引它们出来，科学家以地瓜喂养，试着使猕猴接纳观察者。科学家将地瓜放置在沙滩上，地瓜上沾有不少沙子，猕猴吃起来得费点时间。这样，科学家就有时间观察它们。

第一个走下地，越过空地，到野芭乐树上的顽皮猴。

母猴最后也来到了芭乐树，但猴王却始终没有来过，它只是远远地瞧着。

一九五三年，科学家发现一只名字叫“伊莫”的小猴子，不知为什么，突然把沾有泥沙的地瓜放到水里，并用双手将泥沙洗掉。从这天开始，伊莫养成了洗地瓜的习惯。

一个月后，它的一位同伴也这么做了。渐渐地，其他小猴也学到了。伊莫的母亲则在四个月后才跟着洗，于是这种洗地瓜的习惯在猴群中传布开去。

后来几只小猴子以海水洗地瓜，发觉地瓜变得更好吃。用海水洗地瓜最后变成这群猴子大多数共同的习惯。少数没接受这种新知识的猴子是老猴，它们无法改变固定的生活方式，也害怕改变。

科学家为了争取更长的观察时间，开始喂食带壳的麦粒，并把麦粒混入沙中，这样猴子势必要花很多时间来拣食。

那只聪明好奇的小猴子伊莫又做出使科学家跌破眼镜的行为。一天，伊莫突然连沙带麦粒一把抓起丢到水池里。结果沙子沉入水底，而麦子浮在水面上。伊莫轻松地用双手捞起麦粒放到嘴里。

接下来的几年，大多数二至四岁的幼猴都采取此法拣食麦粒，而母猴则较慢接受。这群猕猴中几只领袖始终不肯拣麦粒，即使海里有它们最喜欢吃的花生，也不肯涉入海水。

由以上的事例可以知道，进化较早、过群体生活的灵长目具有传统行为。尤其是成年者及年老者，往往会抵抗新的行为模式，不愿发展新观念。也可以说，年纪大的往往是群体进步的阻碍，具有强烈的保守性。

老猕猴虽然不接受新事物与新行为，但也不会压制新事物新行为的流传，更不会妨碍年轻猕猴的好奇与探索。同为灵长目的人类则不同。年纪大的统治者往往成为群体进步的绊脚石，在独裁的社会里更是不择手段地压制一切新的事物，不管是行为或思想。

这是值得人类加以反省的大事。那些做大家长的不要忘记灵长目人类与生俱来的天性，要用更宽容而虚心的胸襟去接受年轻的一代。只有这样才能尽量减少“代沟”，而少年人的好奇心也能得到尊重和鼓励。

本页图 小猴子到各个角落探索一番，它们是永不疲倦的小探险家。

右页图 小猕猴在夕照下的岩壁上比赛攀岩，而且比赛中还可以把对方扯下去……

素食主义

这片热带季风林不同于台湾其他森林，树种特别丰富。我在几处突出森林的岩丘上等待猕猴出现时，往往随意看去就可以从眼前一小片树林中认出三四十种乔木树种来。这是其他森林所没有的。

这些众多树种所结的果实，有一半以上是台湾猕猴的食物，这是它们所以能在这小片森林中生长、繁衍的原因。在这两年的观察里，我记下了台湾猕猴的食谱。

这片季风林以榕树类最多，我能分辨的就有白榕、雀榕、大叶雀榕、稜果榕、猪母榕、涩叶榕、菲律宾榕等。整年里这些不同的榕树陆续都有果实成熟，是猕猴最重要的主食。

我曾尝过这些榕树的果子，有些颇有风味，有些则淡而无味。其中雀榕的果子味道最佳，微酸微甜颇为爽口。童年时，它就是经常用来解馋的野果之一。

除了榕树之外，我记录到的台湾猕猴野果主食有三月的榕实、四月的过山香、五月的山枇杷、六月的大叶山榄、七月的红柴、八月的毛柿、九月的茄苳、十月的咬人狗。其中过山香、山枇杷及咬人狗的果实味道最好。在它们成熟的季节里，我也分享

放眼望去，这片热带季风林有许多种类不同的野果随季节变化而陆续成熟，就像《西游记》里的花果山，为大圣一家提供了丰盛的食物。

了大自然的飨宴。它们虽然没有市场上出售的果实那般甜腻，但却更自然，更充满野性与活力，鼓舞了我体内沉蛰已久的灵性和气力。

有些植物的叶片，像山葛、雀榕、茄苳的嫩叶，也是台湾猕猴常吃的食物。这些叶片我都尝过，只有山葛让我难以下咽。

有时台湾猕猴也会少量地进食一些特别的食物，例如苦楝树的树皮，以及我认为难以入口的无患子果核。也许这些植物是台湾猕猴的草药吧！

在这两年里，我不曾见到它们吃荤的食物，这种素食行为给了我极大的启示。

一般人总以为素食使人营养不良，不足以维持身体健康，但我发现这群森林中的素食朋友，一只只身矫体健而又精力无限。这显示，灵长目是适合素食的，而素食也有利于灵长目的生存与繁衍。因此，猕猴成为人以外，在地球上分布最广的哺乳动物。

素食在能源利用上比肉食经济得多。一块地生产粮食，并直接用粮食来养活人，比用这些粮食去养牲畜，再用牲畜来养人，效率要高好几倍。所以我们吃一斤肉，等于吃差不多十斤的粮食。如果直接吃素食，就可省下八九斤的粮食。以一个人一年吃五十斤肉来计算，就可省下四五百斤的粮食。台湾地区若有十分之一的人素食，就可省下几乎天文数字的粮食。这数量足可使一百万人免于饿死，还可以减少许多森林被砍伐辟成牧场，生态恶化的程度也可因此减低。

“说人是一种肉食动物，不是一种责备吗？是的，把别的动物当做牺牲品之后，人多半能活了，事实上也的确活下去了。可是，这是一个悲惨的方式！任何捉过兔子、杀过羔羊的人都知道。”这是亨利 · 大卫 · 梭罗在著名的《瓦尔登湖》中的名言。

过山香属于芸香科，叶片独具芳香。它的果实美丽可食。

雀榕的嫩芽苞微有酸甜，是猕猴喜爱的食物之一，中南半岛的土著也采来当佳肴。

咬人狗植物的果实透明可食。

今天，我们的同胞吃肉早已超过“活下去”的理由，而是达到饕餮、浪费的程度。尤其是那贪吃珍稀野生动物的人，他们是残忍之徒，迟早要遭到报应的。

我曾几次随着山胞猎人上山，发现他们设陷阱而捕获的猎物，往往死在陷阱里好几天了，许多甚至已经开始腐烂、发出尸臭了。猎人为赚钱，往往切去发臭的部分，留下不发臭却早已僵硬的尸体，切割成一块一块运下山，而下山路程往往又耗去一天时间。因此这些所谓的“野味”，山产店的厨师不得不用强烈的香辛佐料来掩盖它的腥臭，欺骗那些心理不健康的老饕。

是的，你以为吃了滋补的山产吗？却不知吃下的竟是绝对有害健康与善良的毒肉！

野蛮人在接触文明之后戒掉了吃人的恶习，那么文明人在文明更进步之后，是不是该改掉吃肉的陋习呢？

我不敢奢望人类都吃素，因为有些不适合农耕的地区，只能通过畜牧才能达到能源的转换和利用。在台湾，成年人少吃肉或不吃肉，对身心健康都会大有帮助。

为了使大自然能源循环更为经济，以及使自己晋升到更文明的层次，我在进入森林半年后，逐渐戒掉了吃肉的习惯。几年来健康非但没有受损，反而更少生病，意志力也变得更坚强，头脑更清醒了。

黄澄澄的鹅掌藤果实，会吸引没有经验的小猴子前来，但总是咬了几粒就把它丢弃了。看来一定非常难吃！

上图 毛柿果实成熟时甜软可口。

下图 无患子的果仁也是猕猴、松鼠的菜色之一，但果皮、果肉含有皂素，不能吃。

天灾人祸

这片森林位于恒春半岛上，常年气温颇高。即使冬天刮着猛烈的落山风，森林里的气温也不低于摄氏二十度。因为这里的纬度较近赤道，加上许多突起的珊瑚礁岩丘屏挡住了强风。森林夏季的闷热也是由同样的原因造成的。

气温的变化虽然不大，雨量的变化却相当惊人。每年落山风开始盛行时，这里就进入旱季，蔓草逐日凋萎，树木开始落叶，林中地面上的枯叶一日一日增多。当我走过其上，再也不是寂静无声，而是窸窣作响。唯一的小涧流水也枯干了。

旱季从十一月延续到次年四五月，总要等到梅雨带来雨水，森林才进入雨季。梅雨季过了，西北雨接着来了，这些雨水使得森林生机蓬勃。

时序进入七月，一个个台风都指向恒春半岛，不是直接登陆就是边缘扫过，总会带来大量雨水。九月状况依然。这三个月降下的雨水差不多占去全年雨量百分之七八十，而这三个月往往是森林居民灾难频仍的恶季。

一九八九年九月十二日，强烈台风莎拉扫过恒春半岛。我在九月十四日赶回森林，那片废耕地上积水盈尺，林中断枝裂叶铺

直扑恒春的台风总会为季风林带来灾害，林中落叶落果满地，许多枝干断裂而横陈地面。

满地面，一片狼藉不堪的残破景象。小路边灌木上一个异腹黄蜂窝整个碎裂，一半掉在地上，黄蜂一只也没了。

我赶忙爬上我平时拍摄、观察猕猴的岩丘，探望这群森林中的朋友——大圣的一家人。

但从早上十点等到天黑，都不曾见到大圣家族的踪影，我心头袭来一股不祥的预兆。

十五日清晨，我冒着雨水爬上岩丘等待大圣的消息，雨一阵一阵地下着，森林一片迷蒙，凄美如幻。

等了十个小时，森林毫无动静。这时已下午四点半，雨渐渐歇了。突然听见一声短促如狗吠的声音，我立刻热血沸腾起来。那是大妈的声音。

“我的森林朋友回来了！”我禁不住叫了出来。不久它们就出现在我对面岩丘的树上。这时雨又下了起来，而雨势颇大，猕猴纷纷各自躲在树枝间避雨。

我数点着大圣的家人，似乎一个不少。正高兴间，突然发现在红柴树上的二妈，竟是孤单地呆坐着，往常那从不离身的猴娃儿竟然不在它怀里钻进钻出，而其他两只母猴各自都紧紧抱着它们的E.T.猴。

五点多，雨势转小，大圣一家人冒着小雨开始进食晚餐，纷纷摘榕树红熟的果实。唯有二妈仍然呆坐在红柴树上，还不时去挤弄自己的乳房。我从望远镜中看去，乳头上有奶水滴下。我知道，它的猴宝宝必已凶多吉少。

二妈的猴娃儿不是病死就是摔死，它要忍受一阵子的伤心和奶涨的痛苦。这使我想起一九八零年，我在西爪哇的山区工作时发生的一件事。有一天，工人太太发现一只大母猴进入她家，竟然用猴奶喂她那出生不到一个月的婴儿。那婴儿也自自然然地吸

幼猴看来十分可爱，但要捕捉幼猴就必须先射杀母猴，所以每只被捉的幼猴都背负着一条母命。

吮起来。后来猎人告诉我，那是丧子的母猴常有的现象，因为它的奶涨得太难受，必须想法抗挤掉奶汁。

对台湾猕猴而言，如果没有人类，台湾真是一个天堂。这里没有大型的猎食动物，没有极端恶劣的气候，却有丰盛的食物。可是事实上台湾猕猴愈来愈少，这主要是因为住在台湾岛上的人类。

为害台湾猕猴最大的莫过于原始森林被人砍伐，使得它们生存的范围越来越狭窄。低海拔山区的森林砍光了，猕猴只好往中海拔迁移，现在中海拔的森林也砍得差不多了，台湾猕猴只好往高海拔山区迁徙。但高海拔山区的树种较少，食物有限，再加上冬季常有严寒或风雪，能容养台湾猕猴的数量非常有限。

其次，是猎人捕猎的问题。虽然吃食猴肉猴脑的人少了，但台湾经济发达后，部分有闲钱的人喜欢饲养少见的宠物来骄人，幼小的台湾猕猴就是其中之一。但幼小的台湾猕猴终日黏在母猴怀里，不易捕捉。猎人为了得到小猴，总是先射杀母猴。所以，市场上卖的小猴，每只都背负着一只母猴的性命。我认为饲养小猴子的人，要负起谋杀母猴的责任，这是人们始料未及的吧。

民间也有人养猕猴是为了迷信。他们认为家中降临灾祸后，饲养猴子可以驱邪镇魔，因为孙悟空是妖魔的克星，没有孙大圣，就以他的子孙聊以代之吧。

猴胶、猴胆仍然是许多人相信的滋补品。我在山产店见过买卖猴胆，一次交易都是数以百计。每一个猴胆就是一只台湾猕猴的性命啊！那山产店主人骄傲地告诉我，他去年一年卖出两千多个猴胆。依据王颖教授对山产店的调查，以前每年大约有数千只猕猴被人扑杀，真是个可怕的数目！

医学实验对台湾猕猴的杀伤力也很大，每年大约消耗两千多只猕猴。我很怀疑，这些实验是否都有必要牺牲台湾猕猴不可？真希望医者三思。

我爱台湾猕猴，我视它们为我的“森林之友”。然而这种算得上珍宝级的动物，已经很难在野外遇见了。这难道不是台湾岛上居民的耻辱与遗憾吗？

我很担心，也许有一天，大英百科全书在“台湾猕猴”这一条名目下会这样记载：“这是台湾特有种，在地球上仅出现于台湾岛。从前它遍布岛上，时时在林中飞跃，或在岩上攀爬嬉戏。但由于岛上人类的短视，而于公元某某年绝种……”但愿，这永远不会成为事实。

有一天我走过森林，在珊瑚岩上的枯枝间发现了这具猕猴尸骨。从犬齿判断，应是壮年公猴。它大概是因争斗受伤而死的吧！在大自然里，生存是一种严苛的考验。

芳邻与猴洞

在垦丁这一大片森林中，共住有四群台湾猕猴。大圣一家在森林的南边，有一群在森林东南边，一群在北边，一群在森林的中央。

住在森林东南边的一群，最靠近大圣的领域。这一群是一九八六年从大圣一族分家出去的。这三年来，它们的成员也由原来的四只增加到十一只。

这两群猕猴大致以一条不甚明显的森林小涧为界，彼此间甚少来往。但在夏季，特别是日落前后，它们偶尔会接触。有时大圣这一族越界到邻族盘踞的礁石上，有时两族同时出现在礁石上。偶尔邻族也会越界来到大圣家族的礁石走动。我没有见过它们打架，也许是因为老猴子们彼此都认识吧！

住在森林北边的那一群最小，只有七只，它们有时会爬到大尖山顶。这一群特别怕人，很难接近。我只遥遥见过两次。

住在森林中央的是最大的一群，大约有三十只左右，以当地人称为“猴洞”的峡谷为中心。因为猴群大，活动的范围也最广。

猴洞是个美妙的地方，位于森林深处，极不容易到达。它的四周被大片原始森林包围，森林下有个凹陷很深的天然峡谷，连

这一列突起的珊瑚礁岩是大圣家族与邻族的疆界，它们有时会在这里交际。

接着钟乳石形成的岩洞。洞口一边通向峡谷，一边倾斜向上，与峡谷下的森林相贯通。

峡谷窄而狭长，上方覆盖着交错的大树。谷底岩石堆砌，丛生着低矮的草木，谷壁垂挂几道钟乳石。当阳光从对面空隙斜斜射入谷中时，峡谷呈现出一种迷离、变幻有若仙境的景观，甚为迷人。

唯一遗憾的是谷内飘着一股臭味，那是来自谷底累积成堆的猴粪！大概这群猕猴有在固定地方“蹲茅坑”的习惯，它们在峡谷的树干间“方便”，才造成了我所看见的四大堆猴粪。

在峡谷边上的森林里，我发现长满小草灌木的地面有一处约两平方米大小的空地，干净光溜如红土网球场一般。稍有经验的人一看就知道，这是因为动物经常在此活动而造成的，想来正是小猕猴玩耍的“运动场”。

附近有一条短窄而光滑的小路，俨然是经常有人走动的小路。我沿着小路走去，竟然来到峡谷崖边上。回首小路另一端，见它戛然止于一棵大树底下。我终于明白，这是顽皮猴游戏追逐的路线。它们从树上下来，沿着小路奔跑，来到崖上。在崖上它们往下跳到垂在谷间的树枝上，沿着树枝爬回峡谷上的大树，再由大树下来，又沿着小路跑……

顽皮猴往往这样玩上几个小时，难怪要把地面踏出一条小路来。这正是民间传说的“猴道”。

有许多登山郊游的人迷了路，突然找到小路，高兴之余忘了细查，就性急地循着小路前进。最后他们竟走到绝境，迷途得更深更远了。他不知道这是跟着“兽径”走啊！

我在三月下旬又到了猴洞，为的是向这群森林隐士告别，但它们全都避开了我。倒是发现了它们的粪堆上长出了许多茄苳树的幼苗。这些经过猴子胃肠而又拉出来的茄苳种子，纷纷发了芽。这是很有意义的自然现象。树木提供果实给猴子食用；猴子则把树木的种子播撒到新的地方，帮助了树的繁衍。

大自然就是如此巧妙。生存其间的万物彼此相生相克，物种因而得以延续。

这是森林深处最大群的猕猴居住的谷穴。

从猴洞内往外看，峡谷幽深，是一处美丽而人迹罕至的世外桃源。

左页图 这是大圣家族居住的岩洞。

猴子玩耍、追逐而形成的干净运动场。

从猴粪中发出新芽的茄苳苗。

意外与及时雨

这片森林中有几座突起的珊瑚礁岩丘，它的高度正好比森林顶层稍高一点，我为了拍照和观察的方便，常常爬到这些岩丘上。

这些珊瑚岩因为长期受到雨水的溶蚀，表层变得尖锐无比，完全是尖牙利齿的形状，并且形成陡峭的地势。在这样的地形背着沉重的摄影装备爬上爬下，是非常危险的一件事。即使轻轻滑一跤，受的伤往往相当严重。手脚被锐利的珊瑚礁岩割裂、穿刺的伤口，是我最常有的标志，这一年多来所受的伤远超过我过去五年内的记录。

比起我的工作裤，我的伤又算不了什么。两年来，我有四件长裤被磨、刮、撕、刺、钩得合乎丐帮的标准。臀部的部分最是凄惨，因为我常坐在珊瑚礁岩上休息，所以裤子的那个部位总是最先“开口”要钱。这时候我真羡慕台湾猕猴臀部上的两块胼胝硬皮了。它们也经常坐在珊瑚礁上，却没有我的烦恼。

森林居民中只有野蜂困扰过我，它们常造窝在小径边的灌丛枝上，或森林中小树的低枝上。大部分的时间，它们都算是好邻居，我们彼此过着互不侵犯的日子。

这是最常相遇的异腹胡蜂。

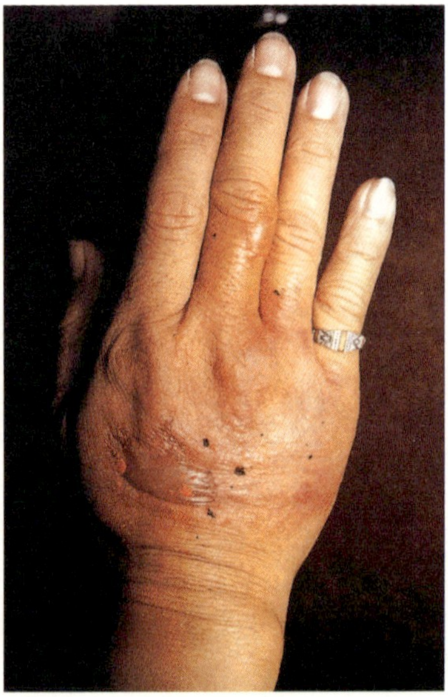

被蜈蚣咬了两口，肿了许多天。

垦丁的蜈蚣又多又大。

不过，到了仲夏，这些异腹黄蜂的巢逐渐加大，蜂数也愈来愈多，一幅“兵强羽壮”的气势。七月里，我打蜂巢旁边经过时，发现它们突然全都开始震动翅膀。我并未特加防范，还伸手扯断一条新长的蔓草。突然，黄蜂大军倾巢而出，像一片飞纱一般扑来，接着我的头、颈、肩、背上就传来刺痛感，我拔脚奔窜钻入草丛里，才没有被这群流氓追杀。

我数了一数，共被打了七针，疼痛当然不在话下。我只好赶紧用菇婆芋的叶片收集自己的尿液，然后擦在伤口上。尿中的阿摩尼亚可以中和黄蜂的酸性毒液，疼痛也立刻得到缓和。

我本想收拾这一巢野蜂，但在我疼痛过去之后，我原谅它们了，因为它们必是不久之前受到过骚扰，以致变得反应过度地“爱国”。野蜂的“爱国”行为比起灵长目的人类，可是小巫见大巫啊！我们人类的过度爱国主义，可以驱使人前往几千几万里之外，去暗杀被认为不爱国的人。也会为同样的理由，残杀老人和小孩，甚至屠杀自己的同胞。

还有一次，我在岩石上滑倒，结果刚好碰触到蜂巢。幸好当时天快黑了，野蜂的视觉变差了，我只被螫了三针。因为这是我的错，我也没有权利采取报复。

这两年以来，我共被野蜂打了十二针次，分配起来，两个月也不过一次，这样的比率我还可以忍受。

受伤较严重的一次，是我的右手被一条大蜈蚣咬了两口，不但痛入心肺，手也肿了个把星期。起初的两天，手掌还肿得使我无法按照相机的快门。

这些身体上的伤痛，对我的拍摄工作影响都不大，常使我工作受挫的反而是经费的短缺。工作费、生活费之外，底片费也成了我非常沉重的负担。一卷专业的幻灯片需一百八十元，再加上冲洗费，共二百七十元。我每个月平均要用七十几卷，费用就相当庞大。所以每个月下旬，就得离开森林赶回台北，然后日夜写稿，以便赚取经费来继续我的拍照工作。我不是多产的作家，一般来说稿费也不高，因此几个月下来，我就捉襟见肘。

年初，我在岩丘上摔落，身体虽受了伤，却没有击倒我，但唯一的相机摔坏了，令我整个工作受挫。我实在没有钱再买一部新的了。为了拍猕猴，我已把过去仅有的一点储蓄用尽了，我被迫停下拍摄的工作。

就在这时，正复刊的《汉声》杂志总编黄永松先生来找我。他是一位有心人，也是我多年的朋友。他知道了我的处境，为我送来了及时雨，于是新的相机很快地到了我手中，我终于又能与台湾猕猴一起在森林里活动了。

进入森林的人类

进入森林来的人类并不多。我遇见过捕鸟人、动物学者、摄影家、好奇的游客以及巡山员。

巡山员是最常碰面的。每次他经过这片森林，总会设法找到我。

他一坐下来，便拿出铝制的特殊道具来捣碎槟榔，以适应他那掉光牙齿的牙床。他一嚼起槟榔，谈兴格外高昂，说的都是他所熟悉的森林。

他姓张，一九一六年生，年近八十岁，身强体健，每天要走五至十公里的山路巡逻，已在垦丁这大片原始森林中活动了四十多年。岛内许多著名植物学家，如台大教授廖日京、植物分类学家张庆恩、药草教授甘伟松等，每到垦丁采集，总是由老张引导。

他每天走不同的路径巡山，防止森林中的珍稀植物被人盗采，差不多每七至十天会有一次打我工作的附近经过。

他最感慨的是四十几年来这片森林的变化。他说从前常遇见山羌、白鼻心、石虎、野猪、猕猴以及各种蛇类，现在前两者早已绝种，石虎、野猪、猕猴也变得稀少。不过他说，“国家公

巡山员老张是我在森林中唯一较常遇见的
人类，有时我们会一起做一趟森林之旅。

园”成立之后，猕猴和野猪显著地增加，这是令人欢欣的大事。

“我上个月在红礁岩那边，看见一只母野猪带着六只小猪走过小路。”他高兴地笑着，露出没有牙齿的赤红色牙床说，“我好欢喜，好像小时候第一次看到野猪那样兴奋、刺激！”

有时候，我们结伴一起巡山，做一趟森林之旅，或者拜访这大片森林中的其他猴群。每次都可以听到许多故事，学到不少野外经验，认识许多植物。

在森林活动时，我常被名叫“咬人狗”的植物所伤。这种植物的叶背长有焮毛，毛中含有毒液，被刺到的皮肤又痛又痒，真是难受。老张教我用姑婆芋叶柄的汁液来涂抹患处，疼痛立止。咬人狗的毒是酸性毒液，遇上姑婆芋的碱液，产生中和作用，毒性也随之降低。碰到这种情形，也可以用尿液来代替。

老张的一生很像一部台湾近代史，他原来是车城乡保力村（离垦丁大约二十公里）的客家人，因为打猎的姻缘，娶了龟角社（今之社顶）排湾族的姑娘，因而定居在社顶。

老张不但擅长渔猎，年轻时更是恒春著名狮阵的狮头，也弹得一手好月琴，是吟游歌手陈达的好朋友。

我们在森林中一起漫游时，只要一休息，他就随口唱起了恒春的民谣。他吟唱时是如此的专注和陶醉。每次我们走到红礁岩差不多中午了，我总是在他那苍老的歌声中沉沉睡去。一个客家人不会客家山歌，却唱闽南语的恒春民谣，娶的老婆是少数民族，生的儿子完全是排湾族。我曾问他有何感想，他说：“这就是人生，你以为你做得了主，但那只是让你以为做得了主，但到了老时，才知道人生有太多的身不由己！”

每次我踏着暮色从森林中出来拜访老张，他常为我弹月琴吟唱恒春民谣，从他随口编成的歌词中，大致可以了解这几十年来恒春地区的变化。

相对于巡山员的豁达、友善，我也遇见过态度不友善的摄影家。我想，他还不够深入大自然，在大自然待久了，迟早会成为一个谦卑的人，所以我没有与他计较。我想，我年少时也像他那样吧！

我曾两次遇见了游客，都是年轻人。一个男士贸贸然沿着小路闯进来，我特地上前问他来这里干吗。

他耸耸肩说：“我看到路口有一个牌子，上面写着‘禁止进入’。我想看看这里面到底有什么东西，值得竖立禁止进入的牌子！”

这正是年轻灵长目好奇的特性！好奇心也许使他找到了答案，或者使他有新的发现，但也可能害他闯出祸来。

另外一次，也是一个年轻男士，来到废耕地四处张望，吃了一些饼干，喝了一瓶可乐，并在那里打了野恭，然后回头走了。我常想，人类中的确有很多这样的人——来到这世界，吃吃喝喝，最后拉了一堆，又走了……

又有一回，我正在珊瑚礁工作，忽然瞭望到人的身影。是两个人，一前一后在阴暗的森林中忙着挥舞捕虫网。我原以为他们在捕集蝴蝶标本。然而再看看，他们挥网的方式很特殊，尽在身边作近距离挥舞，全不是追蝴蝶的架势。奇怪，他们在捉什么？

勾起了好奇心，我溜滑下岩丘，上前与他们攀谈。接触之下，才知道他们竟是在捉蚊子。而眼前的捕蚊人，正是曾在台湾发现二十七种蚊虫的著名蚊虫科学家连日清先生和他的工作副手。他们为了深入了解近年人们闻之色变的登革热，进入垦丁森林捕捉蚊虫。

在追踪猕猴的工作中，我经常宁愿孤独，也不愿见到冒失闯进森林里随便糟蹋自然环境的游客。不过，巧遇捉蚊子的连日清博士却使我开心了许久。我想，有这些默默辛勤工作的研究者，热带季风林保护区的存在就更有意义，而台湾的明天也才有希望。

来到森林捕捉蚊子的连日清博士（前者）及其助手。

猴王挽歌

一九九〇年一月，一位从事纪录片拍摄的工作者，在这群猕猴经常休憩、活动的大苦楝树前，搭了一座几与大树等高的拍摄台。这是一种严重干扰猕猴生活的行为。从工人们搬运建材进来，到施工时的巨响，让我及猕猴都难以忍受。当我听见一位工人大声嘻笑地指着躲在树干背后探头探脑的小顽皮猴说："喂！拼一点吧！监工的躲在树后偷看！"我决定暂时离开一阵子。

这些年来我经常在拍摄过程中反省自己，是否会因拍照而破坏了大自然？我看过太多从事自然生态摄影的工作者并不真爱大自然，只是大自然照片让他有名利可图而已。一位摄影者为了能更清楚地拍摄到台湾蓝鹊喂食的情形，试着把巢旁不远的枝叶剪除，结果整个巢翻了，造成了"覆巢之下无完雏"的悲惨情景。

每次我出书，内心都非常矛盾，因为要用掉很多的纸张。虽然我的学生、读者都安慰我说："砍一棵树，救一片森林！"但我依然心情沉重，因为我尚未保护，却已先破坏了！

一九九〇年二月，我走出恒春的热带季风林，暂停了十八个月拍摄猕猴的工作。一直到这年年底，我才再次回到森林里继续我的工作。

第一天，我在东北季风狂吹中回到我往常拍摄的珊瑚丘顶，以无比兴奋的心情，热烈地期待和那群老朋友重逢。但随着时间一小时一小时地过去，一直到天黑，全无它们的踪影。然后是一天一天地过去，我期待重逢的热情也逐日递减，反而一种不祥的感觉悄悄升上心头。

第四天傍晚，冬日太阳早已落了下去。我正想回营地休息，突然那棵往常众猴聚集的枯苦楝树猛烈摇了起来。我兴奋地取出望远镜，是一只脸熟的母猴，我赶忙朝它做出昔日向它们示好的表情。

它先是冷冷地瞪着我，然后狐疑地望着我，这时我发现枯树后的涩叶榕树上隐隐约约有几只顽皮猴在那里玩耍。

最后这只母猴撤去了敌意，在高枝上坐了下来。它的肚子鼓鼓的，显然怀孕了。它只坐了几分钟就跳到榕树上，随即消失。而我最想见的，那只被我叫做“大圣”的猴王一直没有现身。

接下去的两天，我都只有远远地偶尔看见猴群在林中移动，也没有再回到苦楝树来，大圣却一直不曾现身。我在第八天离开了森林，因为有其他的拍摄工作等着我。

一九九一年一月，我抽出一星期的时间再度进入森林。我发现猴群回来枯树的次数与时间非常少，且呈现非常凌乱的状况，偶尔会有一两只来到枯树，但不再出现往日那样一大群上树的镜头。

有一天日落时，枯树上出现了两只公猴。我以为是大圣回来了，高兴了一阵子。等到我用望远镜细看，才吃惊地发现，它们竟然是猴群的老二歪鼻以及野公猴缺耳。它们同时出现而没有打架或互相咆哮倒是颇不寻常。

另外让我纳闷的是，不但没有见到大圣，就是大妈、二妈也不见踪影。大圣的其他三个老婆竟然只有一只母猴有小猴在怀里，照说另外两只母猴也该有小猴才对。我去年二月离去时，大圣的五个妻妾都怀孕了，它们在去年的四五月就会生产，到现在，小猴子理该经常在母猴附近或怀里才对。

一九九一年三月，我再入森林。我只远远看见两只母猴和歪鼻在一起觅食，其他的猴子不知去向。于是我开始追踪它们，想知道猴群到底发生了什么事。我爬上昔日猴群过夜的峡谷，从粪便的新旧以及堆积状况判断，它们现在很少回峡谷过夜。但我意外地发现，有一枝十字弓的箭矢插在山壁上。后来，我在另一棵茄苳树干上又找到一枝很新的箭矢。从各种迹象判断，是有人来猎杀猕猴！

我立即转到附近的村庄去明察暗访，最后得到了可靠的消息，有人出售过两三只幼猴，每只在新台币五千元左右。

有人偷偷告诉我，有几个年轻人在夜晚侵入峡谷，用探照灯照住猕猴，然后用强力十字弓射杀母猴，夺走怀中的幼猴。而且，这些人最近仍然经常出猎。

我随即把这状况告诉垦丁“国家公园”警察。他们都是我教导野外求生训练与救难的学员，非常具有生态保护的热情。他们立刻出动，经过几个昼夜的埋伏，终于逮到两个少年嫌犯，可惜那位手持强力十字弓、身着迷彩装的主犯，利用夜色及对地形的熟悉而逃脱。不过，至少猴群一时可以安全无虞。

四月，我再度进入森林，发现猴群似乎分成两群。一群进入更深的森林去了，一群则留在附近。

进入森林的第四天下午，有一只旧识的母猴和一只顽皮猴来到我的附近。我非常激动，这表示它还记得我。我仔细辨认，确定它是三姨太。它肚子很大，看来快分娩了。

不久又有一只身形较纤小的母猴出现，它是大圣的宠妾五姨太。她的肚子也鼓鼓的，这该是它的第二胎。

接着一只公猴也来到，它用不太信任的眼光直瞪着我。我在长镜头中看见它的尾巴举得高高的。“嘿！是新的猴王！”我暗叫了一声，赶忙注意看它的脸，赫然是歪鼻。

歪鼻终于当猴王了，但这也表示大圣下野了，或遭了猎人的毒手……

第二天清晨，太阳刚刚升起，歪鼻率领着它的四只成员打我正前方通过。其中一只母猴竟然停下来看我，我发现是五姨太，怀中抱着一只昨夜刚产下的猴娃儿。

我禁不住为新生命喝彩，但也为大圣难过。它是我见过的最英俊、最威风的猴王，我十分怀念它。

歪鼻与缺耳相安无事地在一起，此事颇不寻常。

本页图 歪鼻小心翼翼地来窥探我，它的尾巴高高翘成“S”状，我知道它已自封为王。

右页图 怀抱着昨夜刚生下的猴娃娃，五姨太来到我前面，仿佛向我展示它的宝贝，要我分享它的喜悦。这小猴子是大圣的遗腹子……

告别与省思

历经整整两年的追踪与拍摄，我的记录工作也可告一段落了。能在没有任何外来经费援助下独立支撑完成这项工作，我差可告慰自己了。

这些时日在季风林的活动，不只更认识、体验大自然的美丽与奥妙，也加深了我对人类、对文明更深的反省。

我并不认同人类是由猕猴演化而来，但人类的确在生物特性上与野生灵长目颇有关系，因此尽管人类文明在进化，但许多灵长目的天性，像自私、猜忌、贪婪、残暴、顽固、自大等，并没有随着文明而减少。因此，人类时时还不自觉地流露出这些本性。当这些本性驾驭人类因文明而形成的许多通天本领时，悲剧就发生了。试看有史以来屠国屠城战争无时不在进行，毁灭性的武器每天都在增加威力。再看看人类对大自然的掠夺，几乎无所不用其极——森林面积在锐减；野生动物大量绝灭；水、空气日益恶化；甚至连天空的臭氧层都破了一个大洞。可是，人类犹不肯捐弃一点贪婪与自私来共同挽救。

唉！人类真是一种既聪明又不智的怪兽，学到许多神通，却能发不能收，最后反而伤到自己。

我走入森林，只是许多文明人的觉醒之一，只是试着更深入地了解大自然，学习与自然和谐相处的一种努力。

今天，人类对自然、对环保的意识虽然在逐日提升，但仍难与政治、经济、科技主导下借开发之名所带来的破坏力相抗衡。大自然中，没有一种动物会像人类一样——一方面尽一切来宠爱孩子，另一方面却不断破坏环境而祸延子孙。

每当我不得不从森林中走出来，我就为即将重新投入这混乱丑陋、曾经被外人誉为“美丽之岛”的岛屿感到难过与无奈。唉！在这向森林、向猕猴家族告别的时刻，我宁愿我的泪珠反映的是满天星斗，而不是散发酒肉与铜臭的不夜灯光。

我在四月绵绵春雨而暮色早降的黄昏中，依依不舍地摸索着走出森林，那么大片的林野逐渐消失在我身后的雨夜中，只有春雨打在树叶上的淅沥声，像是大自然的哭泣，遥遥传来……

细雨迷蒙的季风林，有一种难以言喻的深沉之美。